大地温暖

程耀东 著

黄河出版传媒集团
宁夏人民出版社

图书在版编目（CIP）数据

大地温暖 / 程耀东著 .-- 银川：宁夏人民出版社，2022.8

ISBN 978-7-227-07653-7

Ⅰ.①大… Ⅱ.①程… Ⅲ.①散文集－中国－当代
Ⅳ.① I267

中国版本图书馆 CIP 数据核字（2022）第 160501 号

大地温暖 **程耀东 著**

责任编辑 姚小云
责任校对 闫金萍
封面设计 王敬忠 施 娜
责任印制 马 丽

黄河出版传媒集团
宁夏人民出版社 出版发行

出 版 人 薛文斌
地 址 宁夏银川市北京东路 139 号出版大厦（750001）
网 址 http://www.yrpubm.com
网上书店 http://www.hh-book.com
电子信箱 nxrmcbs@126.com
邮购电话 0951-5052104 5052106
经 销 全国新华书店
印刷装订 宁夏银报智能印刷科技有限公司
印刷委托书号 （宁）0024422

开本 720 mm × 980 mm 1/16
印张 16
字数 168 千字
版次 2022 年 9 月第 1 版
印次 2022 年 9 月第 1 次印刷
书号 ISBN 978-7-227-07653-7
定价 48.00 元

目　录

童年密码

生活书简

行走大地

触摸历史

童年密码

山是伟岸陡峭的，路是崎岖狭窄的，
路边是芬芳的苜蓿花和忙着耕作的农人。

漫水桥

逆风。溯水。目光被一座桥阻拦。

桥不高，钢筋的骨骼，水泥的肉体，却落了一个很乡土的名字——漫水桥。顾名思义，水从其身体之上漫过后，安然无恙。如若没有了这桥，我的双脚会继续度量这条河，在这个光线很好的冬日下午，也不会刻意捕捉残垣断壁的河岸，碰见脏乱不堪的河道，以及厚度日渐增加的冰河……我会沿着细微的流水，一路蜿蜒到我要去的地方。

但，横亘在脚下的桥，使我暂时停下了疲惫的双脚。

看见桥，似乎和自己的少年时代有了一次逢晤，突如其来的逢晤。之所以用了突如其来，是因为在这里，我曾有过一次突如其来的“金兰之交”。

记忆来自少年的目光。最初看见的是一片胡麻地，延伸到河岸，仿佛蓝底碎花的丝绸从天边铺陈而来，缠绕着我，似要将我包裹；之后，是乱飞的彩蝶，羽翼飘浮于蓝色之上，相互追逐，从清晨到黄昏，就像移动的花朵，既令人迷醉，又滋生诸多幻化和蠢蠢欲动。

再次遇见桥，回忆被灰色充斥，与此时的光照和色彩极为协调。

桥不再新，被尘土覆盖；建设年代留下的阿拉伯数字，斑驳难辨；四孔涵洞，泥沙隐去了圆孔的多半；流出的河水印证着它们尚未被彻底淤塞；迎水的这面坡，破败，残损，依稀能看见红色的砖头……我往来徘徊的身影，在桥面之上，仿佛流水和时间——仅仅是一种穿过。

寂静的河道没有一缕声音，唯有流水在说话。

沿着水声，我似乎又听到了三十年前那个口无遮拦的声音。他说这一片河滩，连同这河都是他们家的。之后又说，这河上有水磨，十里八乡的人都来他们家磨面。我目光质疑，使他有些失落。他双手插进裤兜，继而又巡视了一圈空旷的河滩。那眼神迷离、留恋、高傲。转过身，盛气凌人地对我说："解放——前"前字尚未说出口，就从桥面上滚入水中。

彼时的情形是这样的：我是一个十四岁不到的初三学生，临近中考，学校已经不怎么束缚我们。正午，天热，一个人来到距离学校不远的河里，脱光衣服，爬进桥下的涵洞。温热的河水漫过肌肤，凉快，舒服。关于考试，全被流水冲走。偶尔，也会有小面鱼成了我的俘虏，攥在手里，看上一会儿，然后放生。也就是这个时候，有个影子，在我的头顶晃动。

因为我想躲避燥热和阳光，真正享受一下水的洗涤，不是电影里那些浪漫的镜头，或者小人书上看见的图画。十多岁了，我未曾真正地自由自在地接触过水。很明显，我出生的地方是连绵不绝的山，日常生活用水，也是来自天上；能够全身裸在水里，那是怎样的奢侈和迷醉。机会来了，实实在在来了。这个河湾就我一个人，正午的阳光下，不会有人走动，他们近乎都在午睡中，做白日梦。

但，我不知道这个中年男人，怎么就不去做梦？

我们坐在水中，面对面。尽管阳光浓烈，却无法刺痛他喋喋不休的大嘴。在这个身体还算魁梧的男人面前，我似乎很顺从，仿佛河滩上的蔓草，任凭流水漫过。事实上，他的语言就是流水，漫漶在我的耳间。有些随水流走；有些被水草暂时阻拦，回旋几分钟，复又远去。但关于他老婆跟放蜂人跑了的语言，冰一样，被我封存多年。

被我记住的语言，他叙述得很迟缓：胡麻花开时，村里来了一个放蜂的，外地人。沿河岸一字摆开他的蜂箱。三角帐篷就搭在岸上，距离他家不远。这人会经常来他家要水、借针线什么的。当然，放蜂人也不会白用他家的东西，偶尔会拿点蜂蜜给他家。一来二去，蜂蜜水就甜了嘴、甜了心、甜了夜色里的月光。那天早上，他去赶集，看见放蜂人一箱一箱地装自己的蜂儿，他很好奇，胡麻花儿还没有开败，这人怎么就走呢？不管，蜂儿是他的，愿意到什么地方就到什么地方。走了也好，省得常来他家。赶集归来，他家院门敞开。四岁多的儿子，一个人在院子里玩。他出出进进，找不见老婆。暮色开始下沉，村里有人传出，老婆跟放蜂人跑了。最初，他不相信，十天过后，传言变为现实。

以我当时的年纪，这样的语言，将信将疑在我的脸上。但后来，他掏出一个牛皮纸封面的汉语拼音本，上面写满了寻找老婆的日记。他拿给我看，字迹不是很端正，歪歪扭扭，像他不太清晰的表述。他盯着我，看了很长一会儿，我有些害怕，甚至毛骨悚然。我不知道他要干什么，或者说，我怀疑他的神经已经出现裂变。但他没有对我做出任何异常举动，而是心平气和地说：“凡是听我说过自己经历的人，都成了我的结拜弟兄。如果你愿意，也签个名吧，到我儿子结婚时，咱们三十多个兄弟齐聚一堂，唱三天秦腔，演三夜电影，喝三天三夜的大酒，我要让那个跟人跑了的婊子看看，没有她，我的日子照常过。”我不能辜负这个男人对美好生活的设想和幻化。不假思索，在那些密密麻麻的人名后面，很潇洒地写下了自己的名字。

这时候正值水草茂盛，百里香馥郁，麦浪墨绿，胡麻花舞蹈，河水温润清澈，飞翔的水鸟，将河滩当作家园，飞过的每一只，身体之上都散发着音乐之声。两个人躺在水里，遥望蓝天；不时地用手拍打水面，溅起的水花落在脸上。他一下，我一下，笑声与水声交织，此落彼涨——哦，天堂一般美妙。我完全忘记了自己是一个面临考试的人，他也忘却了自己是一个丢了老婆的人。水花消失，他站在河中间，望着盘旋的水鸟，大声地叫喊，喊着喊着，哭声开始在河道里蔓延。

我有些后怕，那哭声从未经历过。跳出河面，落荒而逃。

离开之后，记忆中，再也没有经过这里。

时光如同飞鸟，一飞就是三十年。但这三十年间，关于这个男人我曾道听途说：寻妻多年，无踪无影，只好寄希望于神灵，烧香拜佛，但依旧无果。有一年正月初一，他点燃了村里人人供奉的庙宇，之后便不知去向。是死，是活，没有了消息。

也不知道那个写有我名字的纸是否还在？也不知道他儿子结婚时，那些写在纸上的人是否收到邀约？我，一去不返，自然完全忘记了曾经有过的故事。如果不是这个闲暇无事、沿河而走的冬天，遇见这座破败的漫水桥，我至死也不会想起这个人，这座桥。

驴　车

在西海固腹地，山路上的毛驴车像一幅永远移动的图腾，像江南水乡河面上游来荡去的乌篷船。

山是伟岸陡峭的，路是崎岖狭窄的，路边是芬芳的苜蓿花和忙着耕作的农人。在山头与路的尽头，被群山掩映着的错落有致的农家里，飘出了一缕一缕悠然的青烟，缓慢地扩散到蓝色的天域里。毛驴车拉着一身的疲惫，在白净的山路上行走，它被山的本色与绿色的田畴所吸引，因而总是走走停停，忽慢忽快。毛驴、轻巧的车体、车上有思想的农夫在阳光将要散尽的山路上悄然慢行，不断啁啾的飞鸟总是追逐着他们的影子，飞起又落下。小时候的我，坐在向阳的山坡上，与悠然自得的牲灵们一同守护着属于我们的根基，坐在路两边被晒得烫手的石头上，眼中由远而近的毛驴车一摇一晃。我知道，此时赶车的人，一定眯着眼平展展地躺在车上，幻想着将来的幸福或回味着撩人的景致。不知过了多久，转过一道弯，上了一面坡，突然有了山的阴影，这时候一股柔软的山风轻轻掠过他的面颊，才猛地直起彪悍的身子。那时候大人们常问长大了干什么，我会痛快淋漓地说，做赶驴车的人啊！大人们自然会在半笑半恼中骂上一句：没出息的东西。

现在呢？有时问自己：还想做赶驴车的人吗？好像难以回答了。我喜欢回味一个人赶着驴车行进在寂静蜿蜒的山路上的情怀，那么悠然，无忧无虑，所有的痛苦和惆怅暂时被沉重的车轮碾过，被打消，被遗忘。但我一坐上慢悠悠的毛驴车，能在玉带一般缠绕的大山里又能行走多远？已经适应了阳光下那些芜杂的喧嚣，适应了在门前那座人工制造的“山野”里寻找宁静的习惯，适应了拧着儿子的小耳朵给他讲《小马过河》的故事。对封存已久的山水笔墨，只能回忆或向往。

一帧放大了的被镶嵌于橘黄色相框内的背靠大山的照片，高高地悬挂于寝室洁净的墙面上，明知道它很遥远，没有鸟叫，闻不到山的清新，我还是在行色匆匆中停下来看上一眼。

“远上寒山石径斜，白云生处有人家。停车坐爱枫林晚，霜叶红于二月花。”毛驴车是山野里长出的眼睛，沿着弯曲又倾斜的山道，它在看到白云飘浮处的几户人家的同时，还看到坐在车上的人，于秋色宜人的晚景中对于大地的爱恋，对生命的呵护，对家园的应答，在苦难中又高于苦难之上的吟诵。

毛驴车还是大山长出的一双脚，有永不疲惫、沉默一生的性格。出去的时候负荷着压抑与沉重，归来的日子又载着喜悦与轻松，在山里山外苦行僧一般往返一生。即使老了，死了，也会有更年轻的子民继续找寻“佛禅真谛”，不同的是僧人眼界感通广宇，而它，一生只看见大山里永远长不大的太阳。一架缄默的毛驴车终于在时间的辙迹中结束了自己，而赶车的人依然在停止的车上遥眺天空，从山头到田野，他的眼里满含着幸福平静的泪水，耳畔是缓慢安详的声音。车辙远去，车声遥遥，而毛驴的影子却在他的眼底燃烧，在心灵深处旋舞。

如果我用以记忆和回味乡愁的形式不妥，背叛乡土便失去了意义，那我就做一个永远走不出乡土的人吧，坦然地回到叶赛宁笔下的故土：

我又回到这里，
回到我亲爱的家
我的乡土，
沉默的，温柔的乡土啊！
山那边袅袅升起的暮色
像用洁白的手在向我招呼。

水　窖

在水声遥遥的西海固，水窖里盛存的那点清纯是它唯一的一片水域，是高原上生命的源泉、心灵的海。它们无处不在，不时地从你的眼底冒出，那样子就像走在大街上的一位生动活泼的少女，不时地招来诸多捉摸不透的目光一般。事实上，西海固土地上的水窖大多生长于路两旁、场院里、人家的大门前，但你却只能看见它身体的一部分——就像是实验室里的一只量杯，被埋进土里只露出一个小小的瓶口。每一个窖口都是用砖头、水泥构筑而成，高约四十厘米的圆台，精致而光滑，小巧但不俗气。在圆台的底部留一小口，有圆有方。平时这些小口都用一块块干净的木板或铁板堵住，等天阴下雨的时候，农人们就把它们抽起来，让地面上积起的雨水顺着小口淌进窖里，蓄满水后，又将它们轻轻地插回原处。然后再在小口处堆上几锨泥，以防手闲的碎娃娃将木板弄坏，再者怕风将脏物吹进窖里。

近些年，政府大力实施“温饱工程”“井窖工程”……水窖越来越多，作用不单单是人畜饮水，更多是用在农田灌溉上。初春，在长有寸余高的菜苗、瓜苗的园子里，总会晃动着农人的影子。他们的肩头一定挑着一对水桶，手里拎着一只水瓢，从一个窖口走向另一个窖口。他们眼里闪烁着水光，喷薄着希望，将一瓢一瓢的水小心地浇在青苗的周围。到了撩拨人心的酷夏，如果你不走进园子，你根本无法分清哪是分开瓜与菜的田埂，更看不见被疯长的青菜掩映住的窖口，看见的只是一片飘逸的绿尘。当挑着水桶的农人看着张口大笑的青菜、满地乱窜的瓜蔓，他们就会坐在窖沿上，从衣袋里掏出旱烟，卷上一根粗壮的纸烟，用火柴或者打火机点着，吐上一口浓烟之后，呈现出一脸的轻松与喜悦。那上升的浓烈的白烟会在青菜的周围萦绕一圈，然后才慢慢地飘向远方。他们在田间劳作和休息的神态使我想起一幅叫《乡村之二》的油画，想起油画中那些神情各异的人们，那个光着膀子，从头上拿下草帽不停地扇来扇去的男子。坐在窖沿边上的农人，通过身边的水窖感到一股来自大地深处的清凉，但他们不会因为这清凉就很快离去，清凉与他们是一生的缘分。水窖出生在西海固的原野上，它是干渴贫瘠土地上最柔嫩的部分，是最温顺、最可靠、最值得信赖的生命载体。一生行走在它周围憧憬幸福与丰收的人，是坚硬、宽厚、勤快的。我的父亲就是他们中的一个，现在依然行走在水窖周围。他的家园周围挖有十一口水窖，水窖与水窖之间挺立着很多粗壮的树，杏树，桃树，苹果树，花椒树。劳作之余的梦里，他看见水窖里的水自动地流向树的周围，渗进它们的根须，听见树与树拥挤向上的声音。

有一天，突然想起了水窖，想起了坐在水窖边抽旱烟的父亲，我有了如下的诗句：

五十年的生命呵

那一窖清纯

向你坚定不移地致敬

高过天庭鹰的翅膀

……

碾　子

用来碾米的石碾子常常和推磨的石磨子安放在一起。那地方向阳，常有大人们在茶余饭后去那里东拉西扯地说些古今。在我的印象中大凡有碾子的地方都是该村该社的“新闻中心”，所有的国际形势、国家大事、家务之事、鸡毛蒜皮的小事都会从那里传出。我常看见一群大人坐在或蹲在碾盘周围抽着旱烟闲谝，等大人们走后，那里就成了我们的乐园。记忆中碾盘的周围总有一条半尺深的壕，以碾盘为中心，那壕很圆，比手画的还要圆。那是碾米时驴的蹄儿踩踏出来的，以壕的深浅可以准确地推断出碾子的年龄。不知什么时候村里出了能人，在他的指点下村民们给土壕里铺上了一层光滑圆溜的小青石，也很整齐，就像城里公园里铺的石子路一样。这样在碾米的过程中，驴的蹄儿就带不起尘土，卫生，好看，又耐用。

我时常想起那台日夜转动着的碾子，想起沿着碾盘不停走着的被蒙上眼睛的小青驴。它的一生好像被牢牢地拴在碾盘上，看见太阳的日子总是很少，直到有一天死在碾盘的石台下，碾米的人才揭下蒙在它头上的“蒙眼”，而那驴的眼睛依然大大地睁着。太阳在它的眼睛里越来越小，又越来越远。我也时常想起围着碾子碾米的那个女人，她的手总是不停地忙碌，似乎她生来就注定与碾子结伴。笤帚、簸箕、筛子这些东西，尾巴一样永不歇息地追着她，即便这些东西累了，暂时被她搁于一边，而女人的手里这时一定攥着一条细细的皮鞭，啪的一声落在小青驴的屁股上，那盘沉重的石碾子就会加速转几圈。当然碾米、推磨是一件单调枯燥的活计，女人偶尔也哼几句小曲儿，但没有人能听懂她的意思。碾子对我而言似乎带着沧桑与古老的神奇，带着另一种欲说不尽的神秘。那一粒粒养分饱满的粮食在石头与石头的挤压下，一层一层地被剥去，被筛选。我不知道它们在悲壮的死亡过程中是否哭泣？还有碾子在转动时是不是听见了粮食最后的呐喊？当然粮食的死亡意味着人类的温暖，理应受到人类至高无上的致敬。那么碾子呢？日夜转动的碾子又该受到怎样的殊荣？

不断升腾的光华与岁月更替的景致使碾子最终走向消亡。暗处的残石断碑所投下的阴影和身临其境的感触可以使一个人品尝到酸涩，而当我的整个身体从这片曾经喧嚣现在又被遗弃的废墟中出来，站在高处，站在阳光下的高处俯视，刚才的恐惧和恓惶转瞬间又逃得无影无踪。这是谁都无法改变的人类的两面性。从识文断字的时候，我就知道了这一点。“既得夕阳无限好，何须惆怅近黄昏。”在通往老家的路上，驮着一身疲惫的我走过碾子的遗址，童年的意象与声音会由远而近地飘来：转动着的石头、碾米的女人、死后睁着眼睛的驴。我会害怕地跑起来，有些来不及回头看自己留在废墟上那些忽长忽短的脚印。

堡　子

童年的时候，家乡还有许多堡子，只过了三十年的时光，残存下来的已不怎么多了。

旷野田畴，小路弯弯小路长，走不了多远就会突兀地冒出一座。高大的墙体，阔能跑马，全由干净的黄土夯筑而成。工匠们手艺精湛，墙体寸草不生。虽经风雨多年，远远地泛着乌青的光，通体流畅，敦厚气派。鸟是不会在那上面做窝寻欢的，飞累了，落在上面歇歇脚，梳理几下羽毛，瞅瞅远处张扬在天庭里的大树，就飞去了。

星星点点的堡子是故乡土地上生命与辉煌的象征，也成为故乡乡土文化的重要组成部分。我的第一声生命啼哭就是从厚墙内的堡子里开始的。生活于堡子之间，又往返于堡子之间。我的小学、中学时代就是在一家富户人家遗弃的堡子里走完的。故乡村庄的名字大多与“堡”连在一起：李俊堡、杨明堡、张家堡、胡大堡……它们使这片土地充满了神秘，往昔肯定有过不言而喻的殷实。

我一直弄不明白，在西海固的大地上怎么就会冒出这么多的堡子，是人们笨拙，还是显示富庶？等长大了，多少了解一点有关西海固历史时，才真正地清楚了堡子的由来。很简单，连年的战争，乡间乱窜的土匪使那些大户人家为自己的生命财产，不得不耗费人力、财力营造高大而坚固的堡子。由此，我想起了百年前的西海固：富裕殷实的人家不少；昼伏夜出深居简出的土匪也不少。然而，不管怎样，站在现存的残墙断壁前，那个年代已封存于历史的尘埃中。这些能见证历史的堡子使这块土地上的人们再见到它的时候，从内心放慢脚步，面对它屏住呼吸：看，这就是我的先人曾居住过的地方。来自心灵深处的一声宽慰使他们经历了一场轻松的精神洗礼。

黄昏时分，一家一户的宅院里升起的炊烟在堡子上空萦绕，我盯着这些不断上升又不断散尽的炊烟，眼前就兀自幻化出百年以前西海固的一个晚上：农人们从田地里归来，晚饭后一个个蹲在高大的堡墙下，悠然地东拉西扯，渐渐凝重的暮霭开始在整个村子上空扩散，潮湿和寒冷慢慢渗入人的骨髓，疲倦的人们于是拍拍屁股后面的土，各自回家了。

夜深人静，不知谁家的高墙内喊了一声：土匪来了。接着是人的惊叫声，燃烧的火光，牲畜的狂叫声，依稀的枪声……这是我站在一座被火烧过现在仍然挺立的堡子前想到的。我的这些一闪而逝的想象是真实的，不然，这堡子墙上怎么会留有弹痕和烟火熏过的痕迹。

这样的遗迹、这样的人间景致所折射出的人间精神是永恒的，就像一汪清泉在光秃的西海固大地上孤独地流着，每一个从它身边走过的人都怀着一颗虔诚之心。

村庄在那里等我

毋庸置疑，西坡洼一直站在那里，与我，只有一场梦的距离。

无数次回放着与西坡洼相关的段落。繁杂的琐事和生存的欲望，不同程度地修改着留在黑夜里的承诺。回去或者远离，一闪即逝。回去，只因温暖和疲惫。远离，仅仅是一种借口，这种借口与虚伪和物欲有关。

梦境总是在黑夜的路途上追赶，只好用文字，来修补西坡洼留下的凌乱。

节气进入三九，想回去看看村庄的愿望，变成了一片雪花，落在这个冬天最为寒冷的黄昏。一个人，不需要声音，以幻灯的方式，翻检来自储存器里的照片。我似乎看见我的村庄，此时，被雪色迷蒙，那么端庄、宁静、安详……犹如一帧水墨。

这水墨不在大师的笔下，不在山水游记的章节，只存留于我多年倾注的笔端。村庄是肉体出发的地方，也是灵魂最终回归的地域。

我确信这个寄放灵魂的地方，在那里，等我。就像这些来自村庄的照片，一直等着我的目光。

我原本可以在这个时候，去影院看一场大片，在某个灯光暧昧的酒吧喝上两杯，或者关了所有的通信设备躺在温暖的床上酣睡……但在西坡洼的影像前，我被土地、树木、院落、窗棂透射出的光芒牵引。这种无形的光芒，无论何时出现，都让我在瞬间感受到亲切，亲切之余，便是剧痛。

站在高处的时间，绝不会怜悯一个村庄的颓废和衰落。事实上，村庄是从时间的某个段落开始，在我年轻的目光里，一步一步老去。我无法亲临村庄的昨日青春，但我实实在在目睹了她死亡的所有过程。

这些年，我被村庄里那些久远的故事纠缠着。每一次，在西坡洼，一棵被砍倒的树，一片长满荒草的地，一座塌落的庄院，一个人的名字，一声从天空飞过的鸟鸣，一股轻微的风，都会在我的记忆里长时间地蔓延。我到底要在这些熟悉的物象中寻找什么？在西坡洼悄静的正午或者黄昏，风的耳语让我明白，对西坡洼的眷恋和追忆，于我不是疲惫后的逃避，是一种年龄界面上的精神向度。

十六岁之前的我，六十岁之前的父亲，八十岁之前的祖父……双脚迟缓地铺陈在西坡洼的土地上，追寻着尘世和期望中的幸福。

童年的目光，曾无数次渴望翻过西坡洼的那座山梁。翻过之后，我们与成熟的土地和温暖的院落告别，去了一个充满浮躁、浮华、喧嚣、拥挤、欲望和阴谋的地方寻找生活，当生活中的那些欲望变得平静、平淡、平常之后，我们在脸颊的褶皱里开始还原失去的温情、友情、惦念和牵挂……这些温婉的词汇依然蕴藏在被我们远离的村庄和土地里，以及那些一生都记着的地理坐标里。

村庄，是留在生命余脉里的最后归程。当我们老了的时候，便要回到村庄。即便我们的身体存放在远处，心灵也会在村庄里时不时地游弋一番，来弥补远离村庄后的疲惫和宽慰。

但是，这仅仅是一次残存在记忆路途上的游弋。

我也曾动过再回西坡洼居住的念头。这些年，一个人在工业文明的烟尘里，挣扎着生活，只有躺在被黑暗统驭的床上，才有更多的时间去想与西坡洼有关的过往。院落、暖泉、庄稼、水窖、学校、寺庙、涝坝、戏台，传说中的狼，飞翔的鹰，糜子地里站着的草人，被杏花装点的山野，鹅黄一片的麦苗，阳光下低语的飞蝉，雪地里寻食的麻雀……这一切好像埋在我身体里的种子，只要闭上眼睛，它们就开始发芽成长，甚至盘根错节。

这一年的最后一天，我回到西坡洼。

荒草覆盖了所有的土地，它们虽然已经枯萎，但在冬天的风里，依旧张扬着生命的力量。泛着白色的阳光，用仅存的一丝温暖，照着破败的房舍和那些低矮的土墙。整个村庄没有一丝炊烟，没有半点人声，就连鸟的鸣叫也被荒凉收藏，唯有看不见的悄静成了主宰村庄的主人。这是我平生第一次遭遇到一个没有人烟的村庄，面对这些记忆中再也熟悉不过的旧物，在它们面前，我失语、愧疚、思考，但又无法回答自己面对母土发出的怅惘和悲悯。

我站在这个千年前就存在的烽火台上，俯瞰着没有人烟的西坡洼。2012 年 6 月的某一天，一场有组织的移民搬迁之后，原本还算热闹的村庄就此沉寂。木门紧闭、窗棂破碎、院墙塌落，还有那些杨树、柳树、榆树、杏树……孤独地守望着它们的主人，渴望能在余年的日子里看上它们一眼。树木的这些想法不是奢望，因为它们的主人尚未完全离开它们。这些有生命的树木，用凄然承担着一个村庄的名字。它们生长在村庄之上，但又存在于村庄之外，存在于远去的人的记忆里。

我不知道离开西坡洼之后，我的那些村民在大年的日子里，是否坦然？当他们在那个陌生的村庄无法挣扎生活的时候，是否和我一样，想起我们共同的西坡洼？

在一棵不算老的树前，抚摸着它并不粗粝的外衣，我的思考会同手指间的一缕烟尘缓慢上升。这个叫西坡洼的村庄从有人烟到人烟绝迹也就存在了不到一百年的时间。一百年里，我的早晨是从她的中午开始的。那时候，属于她正午的阳光热烈而欢快，繁荣和殷实用于此时的她，绝不夸张，是能够记入史册的两个词语。然而，西坡洼的黄昏和众多中国村庄的黄昏是同步开始的。当城市和工业被人们含在嘴里、掬在手里的时候，村庄在无奈中开始被遗忘、遗弃、背离，最后如同跌窝的太阳，就连映在天边的晚霞似乎都残留着暗淡。

年走在年的路上，村庄也走在年的路上，我走在从西坡洼返回城市的路上。看着车窗之外的事物，使我产生一些焦虑、不安，甚至负罪。我们的先人一路乞讨来到这里，西坡洼并没有因为他的贫穷而拒绝接纳。相反，她用自己苍凉的胸膛温暖了每一个走进的人。我们有了饱满的粮食，在日渐走向温饱的路上，开始嫌弃她的遥远、偏僻、闭塞、贫穷……村庄的疼痛，只有村庄知道。

此时，夜深人静。我在异乡的灯火里写着故乡的文字，我想着西海固，想着西坡洼，想着山野，想着麦子，想着烧焦的洋芋；想着祈雨，想着社火，想着那些唱戏的人；想着我在西坡洼的从容和自由。

我离开西坡洼，只是去了一个遥远的地方，赶了一趟集，当我在集市上卖掉了自己的时间和身体的时候，我还是要回到这里，我知道，西坡洼在等着我。

目光深处

1. 树木

一颗种子落下，犹如一个人找到了归宿。

一片叶子或者一根向上的枝条可以支撑整个村庄，孤独的个体构成一个村庄不是没有可能。每一次目之所及，树木、土地、野草、庄稼……实际上是无法逾越一个村庄留给内心的强大。石头、流水、酥松的黄土已经成为记忆中的碧云。站在高处，抑或暮色四合时分，远眺一棵蓬勃的树木，不同的方向，不同的光线，树的存在，便是村庄等待的符号。人可以背离村庄，但无时无刻不在精神的向度里皈依。没有必要思考和选择，村庄是一棵树的根，我们在枝条上攀爬并绽放。

离开村庄，在物欲的长途上行色匆匆。进入不惑，偶尔归来，在熟悉的土地上漫无目的地游走。因为一棵树的晃动，停下脚步，它没有静止，摆动的弧线也没有规律，我的目光却被牢牢纠缠。一只鸟，斜着身子，钻进树杈，鸟的飞翔消失，我的目光依旧没有收回。落日下沉，树梢上呈现出缤纷的色彩，金黄色、暗绿色、铅灰色……我孱弱的身影被拉长在土地之上。晚霞之后，夜影帷幔般下沉，我向树而行。脚步迟缓于风，树木与村庄之间的逻辑，使我想到了生老与病死。

树将死，村庄将逝。

“皮之不存，毛将焉附。”虽是一个古老的哲学故事，但我绝对相信先人们的智慧。

2. 河流

一万年流淌，滴出一万年的声响。

人声尚未出现，清澈、丰沛、欢快、源源不断……这些美丽的词汇在它的表面久长地停留。第一次看见，它的深度恰恰能淹过我的脚踝。

整整一个下午，坐在一块温热的岩石上，把脚放在水里。水里没有游鱼、青蛙，就连蝌蚪也很难见到。一些绿藻缠绕在水底的乱石之间。这是仲夏的河流，舒缓，平稳，水面之上是由远及近的蓝灰色。自己仿佛一个闲人，事实上，的确是一个闲人。来，只是听听那旧时的声音，和声音之后的秘密。秘密被流水带走，遥不可及。像母亲呼唤孩子，或者母亲从来就没有呼唤过。望着拐弯的河流，和消失的声音，我想，在看不见的地方，或许坐着一个和我同样的人，承接着寻找秘密的任务。但这个人绝对不是面河兴叹的孔老夫子。

被河水冲刷，沿着河的方向，右岸是陡立的黄土，左岸那些瞬间堆积，而后又四散的石头——青色、白色、褐红色、深蓝色、墨绿色、黄土色……以及寸长的野草，构成了眼界之内的全部色彩。正午偏西的阳光使它们的肌肤更加耀眼，就连攀爬在其间的一些甲壳虫，都让目光晃动。此时一切仿佛静止，时间、河流、光线……相互抚慰着对方的存在。不想离去，也不想挪动，把身体交给这色彩，永恒地固守，就像固守一个无法吐露的秘密。可我不能恒久地固守，在生存与欲望中行走，我食人间烟火。

重叠着来时的脚印，缓慢上升。水声越来越小，越来越细，而那些色彩与斑斓年复一年地演绎，但聆听者和观望者已是此去经年。

3. 有风吹过

风吹老了树木，吹瘦了河流，吹散了村庄里那些熟悉的面孔。

在冬天的村庄里行走，枯黄的野草，晒干的牛粪，安静的院落，树杈上孤独的鸟巢。鸟巢随着风的方向摇摆，我总担心它被吹落，撒下一地的树枝和柴草，然后又寄居别处。正如离开村庄的我们，不停地迁徙，不停地奔跑。鸟置身于村庄，表明了村庄的气场。人在村庄的历史中又显得多么微弱。我不可能有第二个属于我的村庄了，那将是佛语中的轮回。但愿下一个轮回中，我是一只鸟，可以自由地飞翔，自由地选择，这需要多少年修行？

或者我是一把野草，用火焰温暖此时正在风中牧羊的老人。

老人可以将自己的羊赶回家里，温暖在炉火旁。但他固执地斜着身子，在荒野里坚守着一个牧人的责任。他放牧着十来只羊，穿着皮袄，脸色黝黑，皱纹深陷，使我真正地体悟到了风如刀刻。十来只羊，在风里，相互能辨清对方的声音，是他的骄傲，也是他一生全部的存货。他喊了一声，一只耳朵很尖的黑头绵羊，站在他的身边，不停地舔着他的手心。老人大笑，火焰般的笑，使我的心里很开阔，如风吹开天空一般澄明。

4. 雪在飘

合上正在阅读的仓央嘉措诗集，我对这个门巴诗人说，布达拉宫的大雪，在你的字里行间流露着无限大的幻想和凄美的爱情。此时，我该看看雪天里属于我的村庄。

走出静谧的村庄，走向田地，我的身体被旷达收拢，体内也有片片雪花在强烈地舞蹈。土地坚硬在寒冷里，裸露的胸襟被越来越厚的雪片覆盖，没有声响，纹丝不动。树木也是静止的，雪在它的枝干上那样单薄，仿佛刚刚涂了一层脂粉，端庄而妩媚。远山也被雾霭罩着，迷迷蒙蒙，蜿蜒的曲线使它失去了原始的刚烈、冷峻和伟岸，将柔软和温婉显现得淋漓尽致。回过头，再看看此时的村庄，瓦屋之上是一道道剔透的白。屋檐下的煤烟，刚刚飘出，就被雪花裹挟，一同扩散于空阔。没有车辙，没有人迹，就连平日里最活跃的狗吠也被雪花封存。人在炉火旁，或者温暖的土炕上打盹、酣睡。

惬意——是此时的村庄和村庄里所有生命的物象。

我用目光拍照，眼皮一眨，就是一次成像记录。记录雪花和雪花落地后村庄的寂静和美丽，表达这个时间断面上的光线和色彩。当我期待的色彩尚未完全出现，整个村庄已披上了一身素衣。

我知道这白，不为祭奠那花、那雨、那落叶，只是季节过处时的修行与作业。一切终将老去、逝去、化去……站在这安静的白里，并不孤单，至少有一个炊烟四起的村庄铺陈于眼前。撒开眼线，斑驳和迷离隐藏在阳光尚未出现的云层后面，即便这样的色彩是短暂的美丽，我也曾经拥有过。

是的，多年后，我在这里等你，大雪中走来的村庄。瓦屋之内，那一把空着的椅子，依旧等你落座。是的，无数次在雪花飞舞的高原上独步，北国风光的气度让我翻出幼年冻裂的伤口。是的，我对雪有着异常的爱恋——温婉的、柔软的、寒冷的、坚硬的……如若转身，我期望成为一棵树，一棵村庄里不老的树，等待一片雪花的眼神。

一片雪花，在静谧中飘落，在安详中消融，带着疼痛和上升的水汽，我看见土地上留下土地般的温暖。

5. 黄 昏

被村庄揽入怀里，就得拥有村庄一天所有的细节。

正午偏西，我在村庄最高的地方抱着一本书，一本美国人写的小说。即将来临或者已经来临的黄昏的秩序，打乱了我对小说阅读的秩序。于是，只好阅读眼前的黄昏。

我留给黄昏的背影是孤独地行走，黄昏留给村庄的背影是一轮硕大的、正在下沉的火团。黄色的光晕使村庄仿佛波动在水面之上，不是眼睛里的幻觉，是真实的存在。从色彩学、美学的角度出发，村庄就是泊在日光下的一条船。早上浮出水面，看上去非常平静，非常安逸，到了黄昏，色彩渐渐显出了黄土高原特有的背景色。这个时候，风和尘埃匿藏于高远。树叶不动，飞鸟静候，炊烟停滞，就连相互亲昵的蝴蝶，也踩在紫花苜蓿的叶片上纹丝不动。它们安静地待在各自的状态里，聆听黄昏走过大地时发出的奏鸣。迷幻的色彩，梦幻的音乐，看似流淌的河水和静止的井水，也只能在黄昏的想象里相互交织，相互演绎。

此时，太阳继续下沉，村庄继续漂浮。

山的阴影如同帷幔，从山顶直抵我安坐的黄色田埂。天空昏黄如熟透的麦子秸秆，并像秸秆一样长满一层薄薄的棉绒。我知道，不久将会有一双粗糙的大手触摸这秸秆，并在秸秆的暗黄里中不停地行走和思考。

喜爱这橙黄的色彩，柔软的光晕，以及这纷乱的枝条和扩散的空间。爱这孤独的背影、想象和目光。爱这咫尺的静谧、自私的拥有。不想离去，这里是天堂。不愿跌落，这里无黑夜。害怕在每一个暮色里思想蔓延，因此，固守每一个黄昏，直至风生水起。

有些不愿离去，在这里，能感受到被村庄揽在怀里的温度。

6. 有月光的晚上

村庄有时候也是黑暗的、孤独的、无聊的……月光的出现使它重新展现出树木、庄稼、院落、瓦屋、河流、泉水等这些田园的景致。村庄卧在山顶，在仿如镜子的月光里，不是妩媚，没有舞蹈，只是安静地接受四面八方吹来的风，梳理她的发髻，洗涤面颜。

在村庄，我算是一个闲人，我的黄土院落和青砖建筑已经被遗弃。但村庄里，我还拥有好多块排列并不整齐的土地。偶尔撒几把种子，成熟的季节我得回来收割。想不收割都不行，会遭到村人们谩骂的。土地不是很平整，是黄土高原特有的坡度。我喜欢长有粮食的土地，喜欢它一块一块不同的色彩，好像补在人身上的补丁，这使我无聊的生活有时变得斑斓和有意义。人的离去和院落的衰败在逻辑上是相通的，土地与月光相互照映，流程与秩序丝毫未被扰乱。

中秋节祭月的风俗一直在延续。月亮升上来，高过了院墙，高过了房顶。我的小脚奶奶便不急不缓，在院心里摆放一张桌子，桌面摆上月饼、苹果之类的吃食。燃上三炷香，沿着飘散的烟尘，对着月亮双手合十，并念念有词。但不知道她在念什么。后来我母亲也重复着奶奶留下的那些规程。再后来，我妹妹开始担负起这个责任了。有一年，我问妹妹，你嘴里念的啥？妹妹说：让嫦娥娘娘保佑你今年能考上大学。我的心里有些难受。所有的祈祷都是自私的，善良的。

7. 秋天

秋风起，阳光温润，整个大地被涂上了黄金般的色彩。土地减负，天空澄明，山河安静。一场早霜，尚未舞蹈，便在阳光下消失。树叶、野草、庄稼……以集体的力量争抢着收敛阳光，成熟自己，饱满自己，储藏自己。

站在村庄的那座烽火台上，看这些变换的色彩。黄色将要来临，黄色已经来临。在大野，在村庄内外灿烂。个体似钟摆，摇曳着时间。群体如繁星，装点着季节。最先舒展于春天的那一片，并非黄得最纯粹，无语的有树，静默的是原野。我们、你们、它们热闹在各自的路途上。

秋天不语，我之灿烂。

8. 村庄的眼睛

山脚有沟，沟底有桥，桥下有泉。

我骑着一匹马，吆着一头牛，行走在冬天的风里。我看见乱石，风干的牛粪，有裂纹的冰块，摇曳的荒草……风由北向南，使我的耳朵和嘴巴暂时停止了作业。不用吆喝，不用睁眼，这两个充满人性的牲灵会自然地走向泉水。如果没有泉水，这些牲灵，气场强大的村落就不会这样井然有序了。泉水不枯，表明人的活动依然存在，生命依然延续。

在冬天，我完全掌控着马和牛的饥渴程度。有时候我会在太阳初升的时候赶着它们出去。有时候，在太阳偏西的时候才去。早或晚，完全取决于我的心情。早上，阳光尚未照到沟底，泉水被一层冰掩盖着。冰是倾斜的，沿着沟的走向延伸。蓝色、白色、雪青色的晶体相互缠绕，相互交织，最后消失在寒冷的疆域里。如若是下午，泉眼周围的浮冰被阳光融化，只留下一道道痕迹，表明阳光来过，又走了。

在泉水面前，马和牛都很有礼数，谁也不去喝第一口。围着泉水转上两三圈，仿佛久未见面的人，握手后得相互寒暄。马的一双前蹄在泉水边沿试探性地抛上几下，然后一鼓作气。而牛并非这样，一对前蹄很迟缓地跪在泉水边，眼睛盯着乌青的泉水，用舌头舔着其间的冰冷，似乎开始了漫长的咀嚼和回味，像一个思想睿智的老人，盘算着家庭、收入和光景……

复又骑上马，迎着风，重叠着来时的蹄花。在沟底看天，如井底之蛙。蓝色距离我更加辽远，一种被抛弃、被遗忘的孤独之感。

结了冰的河流，仿佛楚河汉界，两边的乱石是大自然摆出的棋局，分不清哪是车，哪是帅，哪是将要过河的小卒。身体的后面，依旧是目光闪烁的泉水，盯着我的后背。回过头，再看，泉水之上的水汽未来得及展现自己，就被天空收藏，只留下一行浑浊的泪痕，弯曲在村庄的面颊上。

9. 一条狗的宿命

狗是村庄的守护者，从出生到死亡，它的耳朵如安放在村庄里的雷达。陌生的脚步、异常的声音一旦出现，狗的吠声便以最快的速度将讯息传遍整个村庄。

一条狗追随他的主人去了城里。城里的人声、车声、楼层、灯火、往来的脸面和匆匆的色彩，无疑使狗的眼睛有些目不暇接，一时无法面对和适应。城里不是没有狗，但城里的狗都很高贵，很傲慢，不食粗茶淡饭，有专门的粮食供养。进城的狗就有些失落、无聊和孤独，只好寻着来时留下的气息，返回原来的村庄。

村庄依旧接纳了这条无家可归狗。

失去了主人，狗沦落成孤儿。一道土墙仿佛一条河的两岸，狗在左岸，温暖却永恒在右岸。金窝银窝不如自己的狗窝。狗固执在自家门前，与主人在家时没有两样。它相信自己的主人有一天在城里呆烦了、呆腻了，会和自己一样，回到原来的家。事实上，狗的思维还是出现了错误，主人风一样消失在城市的烟尘里，再也没有回来。

晃悠于早上尚在沉睡的村庄里，这条孤单的狗，开始寻找延续生命的吃食。寻找未果。整个村庄干净得如同它的同类舔过一般。于是，曾经的温顺在它的体内荡然无存，时不时地演绎着狗急跳墙的卑鄙行径。这样的生活在狗看来，勉强能够度日，不至于饿死。但时间和季节一夜之间就披上了白色。这个时候，狗需要温暖，人更需要驱寒的肉食。

一棵歪脖子树，一条麻绳，一个扔在树下的馒头，一个人类设计的陷阱……这条饿疯了的狗，总以为人是善良的动物。这一次，狗的判断的确出现了致命性的错误。它的牙齿刚刚碰到馒头，绳索就牢牢地套住了它的头。几乎同一时间，它的整个身体已经空悬在距离地面三四米的地方。没有来得及叫上一声,生命结束于一条绳索。

某一时刻，我看见一张狗皮，平展展地趴在地上。习惯告诉我，狗，依然固守着大雪里的村庄。

事实上，这个时候，我闻见白酒与狗肉混合的味道，弥散在我们身体的周围。

10. 庙宇

山有山神。地有地神。村庄也是有一方神圣的。

大约是在村子里的生活日益繁荣的时候,神也悄悄地进了村庄。神的家园要比人的院落阔气许多。红砖青瓦,雕梁画栋,深门浅窗……每逢初一十五,本村的香客,外村的信徒,源源不断地走进神的家园,双膝跪地，磕头作揖，把一生的虔诚和期望笃定于几尊泥塑。还愿的人，在肃穆中将一些祭品和布施呈现于香案，然后在神灵的气息中轻松离去。许愿的人却长跪不起，将自己的痛苦、烦闷、疾病絮絮叨叨于神灵膝下,希望神灵开口,或者能给他们一个眼神即可足矣。

有一天，我站在这些泥塑面前，数点着神灵的名字：玉皇大帝、太上老君、齐天大圣、九天圣母……一时间，有些纳闷，这些都是天庭里大腕级的神灵啊，如此偏僻、闭塞的村庄，能否容下他们?最让我百思不解的是庙宇里竟然供奉着杨四将军的牌位，一个曾与辽国作战的传说中的人物,也能为百姓医病？在神灵面前不敢乱语，便悄然离去。出了庙院，碰见给我们经常发糖丸、打疫苗的赤脚医生也成了神灵的患者。没有多想，只留下缕缕变粗的感叹气息。

时间推移，一些新鲜的、刺激的、诱惑身心的声音被外出的人们源源不断地带进村庄，外出发展就成了那个年代最具吸引力的词语。于是，最初是年轻男女的离开，后来演绎成举家迁徙，村庄开始变得寂静、落寞，甚至衰败。

村庄里，最虔诚的那个人，似乎一夜之间被神灵顿悟，去了更适合生存和生活的城市。庙宇曾经稠密的烟尘，也随着虔诚远离，神秘的气息渐渐隐遁。泥塑脱落，瓦片破碎，门前冷落，唯有一片肃穆和萧瑟静谧在昏黄的光晕里。

11. 与鬼说话的人

此后，村里人都叫她神婆子，很少有人喊她的名字了。

在没有成为神婆子之前，她与其他女人没有什么两样。方脸，高个，长腿，嘴皮薄，棱鼻梁，长得蛮好看。照常下地干活，照常生火做饭，与村里的妇女，有说有笑。偶尔也开一星半点的玩笑，只是偶尔。倒不觉得她与常人有什么不同。好几天，没有见她出门干活，说她变成神婆子了。村里的妇女们便开始窃窃私语，很神秘，其间透着几分怅然和恐惧。

难以置信，只当作传言而不予追问。他们经常在田间地头谈论，也在赶集回来的路上，相互传递神婆子关于村庄和村庄将要发生大事的预言。很邪乎，很害怕，似乎村庄一夜之间将要灭亡。说神婆子见到很多村庄里死去的人，他们在那边生活得很凄惨，没有衣穿，没有饭吃，没有钱医病……并委托神婆子捎话给活着的家人，如果再不管死去的他们，家里一定要出大事情，甚至要死人的。

于是，活着的人在夜的颜色里做贼一般去了神婆子家，打探自己的亲人在下面的生活状况。然后小心地掏出几张真钱，放在神婆子供奉的香案上，说是给的跑路钱。

迷信，骗子，我说。

蔺拴锁、熊跟喜、王富安……他们几个反驳，说我脑子有问题，要带我去看神婆子与鬼说话。我说不去。并反问：神婆子没有说她的家人在下面过得怎么样？几个人异口同声地说：

没有。

这已经是多年前的事情了。

有一年春节，村民们唱卡拉OK，神婆子每次都到。你简直不敢相信，她可唱男声，也可唱女声，而且能模仿好多歌星的声音，几乎是原声。那一刻，我很害怕这个已经有点年岁的女人，唱到高兴处，扬起头，喝上半斤白酒，然后仰面倒地，接着鬼话连篇，接着又模仿谁家死人的声音。没有，我的担心明显是一种多余。

我从未见过她与鬼说话的场面，但能想象出她倒地时的痛苦，不仅仅是皮肉，还有心灵。

12. 杏花开

它们以集体或个体的形态，寥落于黄土高原的沟壑梁峁之间。不是整齐地开放，是凌乱，是朴素，绝对没有震撼和张扬，就像生活在村子里的人一样，惯常在季节和温度的节奏里。

一场不大不小的雨水，飘洒在春天尚未睡醒的村庄。最先感知到温暖的便是这些表面粗粝的杏树了。白的、红的、粉红或雪青，很多色彩迥异的花瓣绽放出一种久违的美，俨然把蕴藏了一个冬天的力量全部抖落，让人的鼻翼沿着暗香的气息，一路追寻轻松。渐次开放的杏花，似乎是信息的使者。再来几滴雨，田地变得热闹，大地上到处是鹅黄和淡绿，风把草香和泥土的气息吹进敞开的院门，同时也吹掉了穿了一个严冬的棉衣。杏树的枝头，那些花儿开始被逐渐展开的叶片掩隐，繁花和灿烂逐渐暗淡，飘落的过程和凋谢的凄美使人看到了正在吐露的果实。

滋养了一冬天的人们，开始有些闲不住了。小孩脱下厚厚的棉鞋，奔跑于野菜的嫩芽间。大人们扛了铁锨，于门前的小园子里撒下一些白色、黑色、黄色的种子，然后坐在潮气四溢的阳光下，抽着自制的卷烟，隔着一道沟或者一座山梁，与那边的人大声说话。整个村庄和山野开始活泛起来，渴望和期盼铺陈在人们行走的田间地头，更多有关粮食的话题在不经意之间脱口而出，而刚刚凋谢的杏花，已经成为过往。

黄土高原在高处。你看见了杏花，就看见了隐藏的村庄，看见了距离很近的苍天，直立的黄土，山体深处上升的炊烟，稠密的庄稼和牛羊。站在树杈之上，不用想象，季节在你的眼界之内，仿佛花朵的展现，沿着花瓣的方向，你能感受到一个生命体的孕育、分娩、成长和最终的结束。那些飘落的花瓣，越来越轻，越来越小，最后被土地收藏并腐殖。这个并不长久的过程，在村庄的眼里很惯常，年复一年，在人的眼里，也就那么几十年。

13. 塌落的房子

一把冰冷的铁锁隔开了我与房子的距离。

一间消失了气场的房子，一个站在门外的人，将多少秘密和故事隐藏于记忆？

在村庄，一间房子落成，是大喜，是要庆贺的。披红、放炮、撒喜糖、办酒席是避免不了的。如若不喝倒两三个前来帮忙的，就显不出主人的真诚。那时候，村庄里的房子如雨后山野的蘑菇，不经意就是一座，红砖蓝瓦，青色粉黛，在阳光下熠熠生辉。来来往往的目光不再是羡慕、嫉妒和攀比。升起的炊烟之间连接着温暖，窗户上映射出的光亮相互照着对方的闲散和游走。久而久之，便成了一种习惯。

有炊烟和光亮的房子，是活着的光阴，人们在它的廊檐下赋予了它殷实、温暖、光照和形影不离。它用不同的色彩呵护着主人的冬暖夏凉，漫长而沉默。

此时，我与房子相互站立，打量着彼此的存在。房子不语，我保持缄默。瓦缝间长出的蒿草，在冬天的风里，瑟瑟摇晃。廊檐和滴水宛如掉了牙的老者，一截椽头悬在半空，你不敢想象，它掉下来发出的声响。窗棂上鸟的粪便、灰尘、动物留下的踪迹，矜持在玻璃反射来的光线里，干硬的表象和生涩的苍白使人兀自生出诸多凄凉。我无法想象短短的几年，时光落在它身上的印迹如此残忍，残忍得使人不敢回味曾经走动的脚步、声音与身影。

而这样的时光，在房子面前，我无颜去考究它的开始，甚至不去想它的结束。在时光里，房子和我都是过客，唏嘘和感叹是挽不回这些旧物和旧物上流淌过的光阴。

再也没有灯光从它的屋檐下出发，冬日里，干冷的风裹挟着萧瑟，使它越发的沧桑和陈旧。我按下快门时，它与浑黄的院落、院落里没有被风收割的荒草完整在几何的线条里。

14. 烽火台

该是村庄里海拔最高的建筑。长度远远超过冬天里刚刚死去的那个老人。高度呢？就连最高的树，也仰止于此。

就这样一直存在着，陪伴着一个个生命的开始和结束，见证过来了又走了的人。但不会因为一个人的离去、一棵树的死亡、一只羊的丢失而空旷、而无聊。草青草黄，花开花落，繁华衰败……在它的眼里，只是地域的变迁和视野的位移。没有了烟火传承，孤单对于它，已是一种司空见惯。也不会因为走近的人声，使它对时间产生全新的认识。

经常有风掠过它的耳际，鸟声短暂停留，一些尘土覆盖了它原始的肌肤，然后，就有了色彩。红的、绿的、白的、黄的……舞蹈并交织在清新的雨水之后。但，它对于色彩的到来，依旧默然。它知道，它们只是过客，一季的过客。它用宽阔和豁达年复一年地宴请着飞鸟、牲灵和人。它们离开时，它不用挥手，也没有多余的眼泪流淌，因为，多年前，它的眼睛曾被烈火烁伤。

它从不想念、留恋、回忆曾经辉煌的岁月。它的辉煌是赤裸裸的血腥和屠戮，是刀剑与血的较量，是倒下的肉体，是多年后被翻出的骨骸，是生锈的箭镞。但它无法阻止和抗拒燃烧在自己身体上的柴火。给掠夺和占有传递讯息，是活人赋予它的使命。它沉默不言，只好遵从。

其实它最喜欢安静和孤独，没有人声和火焰，仿佛现在。

多少年来，不知名姓的飞鸟，悠然的羊群，戴着草帽的人，从它的身边来了又走了，没有留下任何声音，唯有足迹证明大家相互存在。有人把它当作一堵墙，在它的墙根下避风、避雨。风停了，雨住了，悄然离开，从不惊扰。也有人会扛了铁器，在它的身体上挖掘，企图找寻它肉体深处的秘密，大汗淋漓之后，一无所获。只好站在它的头顶，四下张望，不说话，失意地离开。渐渐地，人就很少靠近它，它好似人体上的阑尾，有或者没有，都不会影响正常的生活。

然而，我总是要去看它的，在它的身体上，我能触摸到一座村庄的过去和现在。

15. 沿着村庄的曲线

以往，关于村庄，我浪费了很多的语言、文字、时间，甚至上升到生存和生活。进入中年，村庄越来越远，但远不过一场梦的距离。在黑夜，两根手指之间燃烧的烟卷，白色的烟灰，忽明忽暗的红色节奏……缓慢，孤独，却无比熨帖。仿佛一直在逃避喧嚣，逃避的终极地点便是村庄。村庄原本就是用来离开和回归的——远离和回归是生命蓬勃与疲惫后的常态。

时常回想起淡蓝色的胡麻花儿，被露珠打湿的糜子，沉重的谷子，以及饱满的麦子，地埂上无处不在的苜蓿……这些村庄里最为熟悉的植物，在季节里不停地变换着各自的色彩，整齐地柔软着村庄不断延伸的曲线。

从什么时候开始，这些传统的植物被边缘化，被封存在仓廪，就连种子再也没有被植入土地。没有了粮食，村庄里的土地犹如无法生育的女人，表面的光鲜难以掩饰她内心的脆弱和精神层面上的向度。土地的荒芜，仿佛一夜之间，使我们和村庄形同陌路。

这些年，我想得到一个最合适、最充分的解释。但是很难有一个完整的答案，很多事情越是解释，越变得糊涂和渺茫。问题在于解释的出口朝着什么方向，不同的方向和方位得到的结果明显有别。

站在高处看村庄，没有了屋顶的房子，长满荒草的院落，风中晃动的鸟巢，人身隐遁，声音匿迹……只留下废墟和荒芜。无法俯视，只能闭上眼睛。时间在流动，村庄不会变得更为萧条吧？站在低处仰视，我们命名给村庄的地理坐标依旧挺立，原地不动。在记忆里翻捡每一个熟悉的名字，一切都会空阔起来。幼时视野里的村庄似乎没有边界，奔跑和自由总会被大人们在暮色四合的光线里牵回，深夜的梦里，胡话连篇，满嘴都是那些白天里去过的地方。

这样的村庄，在时间的辙迹中，并没有全部忘却，还是被一帧照片、一条消息，甚至一首乡土音乐唤醒。

这几年，爱上贝多芬的《田园交响曲》，大多在周末的早上。听不懂，但爱。爱是因为田园二字。蜷缩在床上，在他的音乐里，思念村庄。我的村庄在山梁之上，却奇怪地得了一个西坡洼的名字。没有潺潺的小河从门前流过，也没有清澈的叮咚泉水。但有静谧的、碎银般的月光流泻。《田园交响曲》的节奏在渺茫中由远而近，抚慰我的耳朵、肌肤、心灵和精神……缓缓而来的音符，在身体上游走，宁静也一寸一寸来临，仿佛又睡了去。梦是有的，复又蜿蜒在村庄的曲线上，去触摸、体味，如水月光下静若处子的村庄。

月色在寡淡的夜色里孤独，一个青春期的少年，背靠一堆麦草，仰望。想象逐渐丰富起来，玉兔掉在了旷野，嫦娥在村庄麦田里挥汗，所有的窗户完全打开，通透在清晨的雨里，树绿亮，就连草也盛开出花朵，画眉不语，布谷无声，牛和羊变换着站立的姿势，整个村庄仿佛一个巨大的、闲适的花园，稍远一点，山头堆满黄金，碗，筷子，装满酒的瓷器……事实上，在这样的想象里，我真实地看见了高高堆起的麦子，尚未拉回家的玉米秆，晒在屋顶上的向日葵，挂在屋檐下的辣椒串……阳光、雨水和风使它们的色彩不再灿烂，但是，它们却轮番上演和涂抹着村庄丰满的画面。

去看一个画展，画画的人距离我的村庄不远。画面上，是初春的残雪，一个戴着棉帽的孩子牵着一头牛，后面跟着一个挑水的男人，阳光不怎么有力，炊烟倾斜……越看越像自己的村庄，画面上的人便是青年时的父亲和少年时的我。站立良久，熟悉的曲线在眼底深处逐渐模糊，这样的时光，只能凭借记忆临摹了。

秋天的细节

土地

庄稼被刈尽的时候，地似乎脱去了缤纷的外衣，看上去非常单调，或者说非常的孤独。黄金一般的麦子，淡蓝色的胡麻花儿，粉红的荞麦被阳光和雨水送到很远的地方。树单调地立着，如同地上长出的一双手，在晚来的风中轻轻地摇摆着。绿色褪去，叶子飘落，鸟落在树杈上就显得很伟大。轮转的季节可以改变一切，也可以让一切复活，就是改变不了土地原始的色泽。

秋天将尽的时候，我站在西海固一道高处的山梁上，满眼全是单调的色彩。就如同我生活在城市里一样，每一个时节都被单调或者说同一色彩串联着。像此时的土地被力度不怎么大的阳光束缚着，人的思想也被“单一”束缚着。比如现在，我的阅读范围就被一本叫《瓦尔登湖》的书封存着。之所以喜欢，并非这本书被那些伟大的人物圈点过、推荐过，或者影响过他们，比如爱略特、爱默生、哈丁、徐迟……也并非群蜂追蝶，更纯粹些说，是赶时髦。我只是喜欢阅读其中的一些章节，比如在《乡村》一节中，瓦尔登湖畔的人们在森林、草地、树木的周围秩序井然地生活着，人类与自然之间是那样的协调与统一，使人不禁为之神往。

然而此时的《瓦尔登湖》与我的近在眼前的西海固有关：瓦尔登湖畔的山、亨利·梭罗的脚步、我阅读时的想象。假如亨利·梭罗在秋天的阳光中迟缓的步履挪动在西海固的土地上，那他的笔尖流淌出的文字与《瓦尔登湖》里的文字一样的伟大，那文字一定会使我的故土——西海固的群山被整个世界阅读、怀念或想象。

偶尔得到过一本《固原州志》，翻阅其中的一些章节，历史的西海固在梭罗时代还是一片水草丰美的地域，只是被铁器杀伐，被过往的马蹄践踏，只是被那个时代的写手们忘却了记录。我与梭罗时代的西海固在时间上只相隔二百年，我能读到美国的《瓦尔登湖》里实实在在的文字，而关于西海固我只能通过想象和幻化，幻化那些被焚烧了的树木、退却了的草场、干涸了的河道……我有一个人在土地里散步的癖好。长着庄稼的土地，长着草的土地，开着花的土地，什么也不长的土地，闲下来的时候我都去。每去一次，身后似乎总回荡着一应一答哀伤的鸟鸣，有时它们使我联想到早年的鸟鸣就是一种来自大地上自然弹奏的音乐。然而这音乐最终被单调和嘶鸣代替，没有了快乐，只有懊悔、感叹和泪水。

这样的地域我依旧留恋。我还是深爱秋天里这单调无比的土地——胜似生命的土地。有一年秋天，红花绿叶的荞麦尚未完全收尽，我的一个婶娘坐在地头上磨着镰刀，嗓子里飘出了一段西海固的花儿：

走来走来（者）走远咧

越远地远下（哈）咧

褡裢里的锅盔就轻（哈）咧

心里的惆怅就重下（哈）咧

那时候，婶娘泪流满面，我也泪流满面。

蝶

那一对美丽的羽翅在最后一场秋霜里扇动了几下，就再也没有展开。季节里总会出现这样的细节：一只蚂蚱闭上了眼睛；两只青蛙结束了悲壮的爱恋；一头黑山羊产下了羊羔；一群黄牛沿着雨点和雪花寻找青草的路径；它们在秋天最后的黄昏里对着太阳残留的碎片沉默不到一分钟，然后对着各自的巢穴发问：秋天，秋天就这样草率地结束了吗？

蝶，最终隐藏于秋天秘密的心脏里。蝶，那双斑驳的彩翼，它曾无数次地在我们面前翩跹起舞，柔软的胡须掠过我们黄色的肌肤，很容易就留下一层薄薄的粉尘，把所有的记忆更迭为饱满的粮食。还有蝶的翅膀，它展开时就像一小片绸缎飞舞在空旷的天地间，它的翅很少合上，合上了，生命将终结。我见过合上的蝶的翅膀，在深秋雪快要到来的土地上。那时候的蝶，轻轻的，肉体早已腐烂，空壳如同出土的木乃伊，原本华丽的外衣看上去似焚烧过的绸缎，只留下一些随风而化的灰烬。

我不敢再去接触它，触摸这些曾经诱人的或给人带来诸多浮想的美羽。一旦触摸，它们会在我的两指之间成为一些粉末，一些单独的零件，比如长长的胡须、墨点一般黑的头、一碰即碎的羽……一个生命被秋天分割成众多的小块。

其实，那些生与死在一个时间的断面上存在的灵魂们，它们的单调与孤独是可想而知的，仅有的最后一些留在大地上的让人记忆的躯体，也会被大地埋葬。

风

应该说是秋天里最后一场风，它如同塌方的黄土从山坡上溜了下来。坐在崖畔一块锈了的红石头上，我感觉有一个人拖着沉重的步履从身后走了过来。很冷的一股风啊，掠过了奶奶的坟冢、母亲的坟冢，最后蹿进了我的衣袖。那些没有被牲灵咀嚼的枯草，那些干了的树枝，那些落在地面上的尘土，那些禽鸟们留下的羽毛，它们正迎合着风的力量向我奔了过来。依照它们自身的重量向我奔了过来。它们带着一股信息，带着奶奶的身影和母亲的灵魂，借着风的力量向我这边跑。在风的面前，隔着一条大沟，沟的那一边，一个弯了腰的女人，正赶着一头瘦驴，驮着一袋粮食吃力地走在坡路上，不太深的沟里，弯弯曲曲地淌着一股细水。风掠过去的时候，我看见女人的身子斜在风里，驴的身子横在坡路上。一袋粮食似乎要掉了下来。这时候的细水比以前好像更弯曲了。河道里的石头落下了星星点点的小水花，像奶奶老时的脸，像母亲留下的明灭的念想。风还是过去了，眼睛里的一切与原来没有什么两样。沟依然在我的面前张着大嘴，赶驴的女人比原来走得似乎快了些，山坡上被埋葬的那些熟悉的面孔，他们与我是坐不到一起的，我的身边留下了几片树叶，一些蒿子，蒿子上缠着几根不太好看的鸟毛，是风的结果。水面闪着微弱的光，相信这光没有多长时间会暗淡下去，会消失在风里。

风最终还是停了，我拍了拍身上的土，看了看我的小脚奶奶和早逝的母亲的坟冢。她们母女似乎依旧一前一后地走着，泥土虽然遮盖了她们的身躯，但她们像活着一样。

霜

白茫茫一片，突如其来。凌晨的时候，西海固下起了一场浓霜。没有雪花那般轻舞和壮观，也没有浓雾那般迷蒙。雾状的白色精灵在西海固的天宇里悠闲地飘忽起来。天空里，那些早起得急着赶路的雁阵一定被这白色吓坏了，群起群落，寻找驻足的地方。一片一片土地被薄薄的白色涂染，天地更加接近，在天地接近的地方，白了头的一个人影蠕动着。

霜也迷了我的眼，西海固让我觉得有些陌生。木门一扇一扇被推开，闪出几张阳光一样灿烂的脸，他们身上背着的书包，很有节奏地拍打着小小的屁股，他们的动作轻巧而简洁。木门又吱的一声被关上，生怕那些狗啊、鸡啊、羊啊跟了出来。从身后看，几个憨憨的碎娃娃背了书包，袖着手，上了一面坡，又上了一面坡，薄薄的霜花在他们的脚边轻轻被扇起。

该是学校吧。早年刷过的油漆已脱落成一片一片的，原始的木纹上依稀可见有粉笔、毛笔留下的印记。而我站在木门前，呆滞地望了一会儿，想想，曾经和我一同在这里念书的那些人，现在已被时间定格成一个满脸风尘的人。丈量时间的刻度不是白天的太阳和晚上的月亮，而是长在我们身体上的那双脚。脚驮着我们的身体一直走向时间的另一面。铃声穿过破旧的土墙，在一抹刚刚挤出云层的阳光里响了起来，我被这熟悉的铃声赶走。几朵晶莹的霜花落在我的发梢，很快又如同刚刚响过的铃声消失在它该去的地方。一个脸脏兮兮的女孩从我的面前跑了过去，在铃声落下的那个瞬间，她的双手掀开了厚重的木门，同时，我看见一个雪白的馒头从书包里跳了出来，滚落在霜地上。

站在山坡上看西海固腹地的这座小学校，读书的声音诵经一般。风把这些大小不一的声音吹送到风结束的地方，而这些孩子的父母们，在风声响起的地方幻想着、期盼着、描摹着将来的生活。我刚才的一份来自心底的喜悦伴着霜花，在天宇里飘飞。我似乎看见越过院墙的霜花投射出一种凌厉的光芒，难以言说的光芒。

西海固此时比柔软的霜花更加柔软，一种渴望也在心中渗出，轻轻地把我的肌肤浸湿。

颜色

现在，我必须坐下来，看看路边的颜色。

这是秋天的某个下午，我在西海固一个叫西坡洼的地方，徒步走过了很多童年里曾走过的地方，我已经从早上走到了现在。细想，我其实没有走多少路，只是随心所欲地转转而已。太阳在我的头顶如一双眼睛，老盯着我的影子，但这光却不怎么灼伤人的眼睛。我曾试图躲避这样的光芒，回到生我养我的那间蓝砖青瓦的屋里，美美地睡上一觉，或者陪父亲说说话。

可我怎么总躲着父亲的目光，一个人坐在这秋天的山坡上呢？

我看见路边发黄的野草，被阳光、风，以及早霜扼杀过后而发出枯黄衰败的颜色，整个山野都呈现着这样的颜色，这是我最为熟悉的颜色。

这样的颜色让人伤心和凄凉，让人容易产生诸多逃避和挣脱的想法。我想起了四爷家的院子，院子里安然卧着的狗，肥了的黑山羊，摞成垛的麦草，以及挂在屋檐下的玉米棒，比妹妹脸还红的辣椒……许多这样的颜色，这样的颜色与我在路上见到的颜色似乎有些不协调，但这是我见到的实实在在的两种似乎矛盾的秋天的颜色。

然而，更多的颜色不断从我的眼前经过：一头猪崽在涝坝里转着，几个老人蹲在墙根下，耕过的土地里，几只野兔疯狂地跑着……

所有的颜色都让我想起一些古旧的事来。

在西海固走了许多的路，在西海固的土地上行走了三十余年，第一次执着于这天地之间的颜色。

坐下来，发现颜色其实离我很近。顺手掐下一朵正在绽放的野菊花，小小的粉红色的火苗在我掌心的脉络间开始燃烧。这是一苗有生命的火焰，很像人间的爱情，原本素昧平生，因了我的采摘，它的命运忽变，在我的手指间有了疼痛和战栗。粉红的色泽似乎脱去了刚才的颜色，生命被我杀戮，就像我亲近家园又离开一样。也许这就是人性的另一面。

我就这样坐着，不想伸开双腿再去刻度属于自己的土地。

我看着、听着、闻着这家园上空独有的颜色、独有的声音、独有的味道。一切都因生命存在、复活，就如同现在我所看到的那缕温暖的带有牛粪味的炊烟，开始在屋前宇后萦绕。

土地

记得很清楚，我们分到土地的那一天，是个阳光不怎么灿烂的冬日。当时，生产队的队长、会计、保管三个人从破旧的场房子里鱼贯而出，他们神情庄严地站在事先摆放好的已脱了漆的木桌前，将一些写好的纸条揉成团，然后又将纸团丢进一个敞口的木箱里。于是，队长站在大喇叭前，左手拿起用红布包着的话筒，干咳了几声，声音很响亮地喊道：社员同志们，从今天开始，我们将有属于自己的土地了。那时，我想队长说这句话时心里肯定是痛苦的，因为这句话同时也宣布了自己权力的终结。

一双双粗糙而坚硬的大手会从那个阳光下的木箱里很是谨慎地捏出一个纸团来，也有人用左手的食指与中指夹一个出来，还有人将手放在木箱里摸上好半天才弄出一个来。土地是有优劣的，如同人是有好坏的。大人们将那些纸团展开时，你可以想象他们挂在脸上的表情：惊喜、欢乐、沮丧在这里表现得淋漓尽致。队里最差最远的地被父亲抓到了，那时，我看见他蹲在地上不停地抽着旱烟，烟雾笼罩着他的脸，样子很可怜。

现在，我已经看不见他当年的可怜相了，塞翁失马因祸得福的典故在他身上得到了充分的验证。他的那些远而差的土地被政府给退了，种上了草和树，他每年定时会从政府的粮库里打回粮食。他像一个老地主一般整天坐在他温暖的砖房里喝着茶，看着电视，偶尔也看央视的新闻，如果有关于农民和土地的政策，他会记在一个小本本上，时不时地翻阅。

当年，我们分到土地的时候，还分到了八只羊、两头牛、木犁、铁镰等等，一个不怎么大的院子在三两天之内就被牲畜和农具占领。

当然了，在我们分到土地的同时，另一种现象也出现了：我们小学三年级班里有九个男生四个女生都不念书了，回家放羊了。山上的羊七个一群、五个一堆悠然地行走着。暮色苍茫的时候，走出校门的我会听见远处的山坡上我曾经的同学唤羊的声音。

葵花

生产队的仓库一般都盖在场院里。粮食被拉上场的时候，正是暑假要结束的日子，我们会抓紧时间玩上几天。那时玩的无非就是跳房子或猫抓老鼠的游戏。我因个小身单就只能当老鼠，藏了好几次都被肥硕的“猫们”逮住了，最后一次，我在四五只猫的追赶下，糊里糊涂就跑进了麦垛里，左拐右拐，真像老鼠一样见洞就钻。这一次我爬进了队里的仓库。因太阳已落山，库内很黑，我闻到的只有葵花的香味。天啊，当我的一双小手触到那些光滑而干燥的葵花的时候，我觉得自己是世界上最幸福的人，再也听不见那些“猫们”的叫喊了。

这次意外发现的结果之一是，我将自己的裤子脱下，两只裤管里装满了葵花。结果之二是，我将自己发现的秘密告诉了父亲，父亲知道秘密的另一个结果是，我们家里有了比我背回更多的葵花。但遗憾的是我第二天再去的时候，那个洞已经被新鲜的泥巴给堵上了。

杏树

冬天，我们分到了土地和牛羊。第二年春天，我再也没有见到那片记忆中粉白一片的杏树林。杏儿熟了的时候，我们会绞尽脑汁地将它们弄下来，最简单的办法便是搭人梯。个子大的蹲在下面，身轻个小的踩在他的双肩上，扶着土墙一寸一寸地爬上去。最先够到杏子的就是我，因为我单薄的身体决定了我会先饱口福。先吃上几个，再装满裤兜，然后才会将无处可装的杏子扔给站在下面的伴儿们。当我正在聚精会神地为一颗大而红的杏子垂涎的时候，我感觉自己的脚踝被一把铁钳夹住，身体在空中一转，就从墙头转到了墙里。使我身体在空中翻转的人便是我们队上的民办教师。他说：知道三大纪律，八项注意吗？我说知道。他说不拿群众一针一线知道吗？我说知道。知道了还偷？他把一个偷字说得很有音乐感，先抑后扬，如果要用形象表述，就是英语中的V。这一声喊叫，我的双腿开始无休止地颤抖，一种害怕便从骨缝里渗了出来。

后来，据大人们说，民办教师因护园有功，队长特意给他放假半日。就是那个下午，他去沟里耍水，这一耍就永远耍在水里了。

因此，在大人们挖掉那些属于他们的杏树的时候，我总躲得远远的，我的心被忧伤与害怕充斥着。父亲将我们分到的树栽在院子里，竟无一存活。人挪活，树挪死，现在人和树都死了。

底　色

1

久居黄河岸边的老魏惊讶地说："你的村庄如此苍翠，如此安宁。"

我拍下他瞬间跌宕的表情：惊奇中暗含羡慕，欢呼中携带质疑。

汽车拐过最后一个山垭，透过阳光折射的玻璃，我的西坡洼隐约于葱茏。野草沿着山路蔓延，秩序和次序在这里被草地疯狂颠覆；黄土高原常见的杂花相互交错，相互攀爬；它们肆无忌惮、目中无人地生长，使我这个本地人难以置信；它们如此强烈，如此漫漶，令我早年间的记忆停滞于移动的车轮。干旱、荒芜、苍凉和苍黄，是村庄固有的色彩，如同木版画，从我的童年雕刻到中年。我或者我们离开之后，一场强大的生长运动早于我的目光和脚步出现，等我再次归程，目光被绿色击伤。

我出生在苍黄的西海固——一片被文人和写手们肆意描摹的土地。但现在，面对西海固腹地的这个村庄，绿色、野花和高远的蓝天，让我周身战栗。按捺不住，站于没膝的草丛，这些杂生的野草，匍匐抑或挺立，腐殖或者重生，像流淌的汁液，浸润着黄土的肌肤。

躺在酥软柔滑的野草上，穹顶被无限放大。馥郁的草香透过依附于肉体上的棉麻缝隙，没有节奏地漫游，由表及里，内心被舒坦和空旷霸占。顺手掐一朵吐蕊的百里香，盖在脸上，浮动的暗香，让阳光也变得弥留，不肯远去。

身体被绿色包裹。天、地、人也被绿色包裹，就连目光也变成了一道绿色的箭镞，落在这个夏天，最为安宁的村庄。

2

2012年的夏天，一场有组织的移民搬迁，使这个存在了上千年的村庄一夜之间陷入静谧。搬迁是因为有更为适宜的生存环境——宁夏平原的深处——等待我的村民们生活耕作。

这之后，少有人迹出没的村庄，仅仅不到五年，就被绿色覆盖。

阳光好得无可挑剔。干净纯洁的光照落在野桃树的枝叶上，枝条暗红，叶片绿亮。青涩的、拇指般大小的桃子，表层似乎结了一层薄薄的蜘蛛网，毛茸茸，雾茫茫。偶尔一股细风，透过晃动的枝叶，地面被斑驳分离，似乎撒了一层碎银。如果我没有亲眼看见这些成片的桃树，我的思维肯定固化于原有的记忆；如果不是熟悉的山峦和亲身刻度过的土地，我会以为自己置身于绿色养大的江南。

车开得很慢，走走停停。不是因为车技，而是常年无人收割的野草一路铺陈。总担心突然之间，蹿出一只野兔、一头野猪，惊扰了视线，或者，因为车的速度和声音，扰乱了这些生灵们的生活常态。

站在高处，激情涌动：“哦，何处是天堂，这里就是天堂。”声音穿过没有质介的阳光，穿过温婉绵延的山峦，穿过草丛，突兀地飞出一大群野鸡，尖叫和嘶鸣回响于空阔的蓝。这种镜像我曾在影视屏幕上见过，在摄影展的墙壁上见过。今天，见于我的西坡洼，这种未曾有过的冲动和激情，来源于一个叫“退耕还林”的名词，来源于村民们舍弃小家的大爱，来源于丰沛的雨水，当然，更来源于绿草。

似乎只是一个转瞬，记忆中根植于村庄的黄色一夜遁逃，取而代之的是无处不在的绿尘和掩映于绿尘深处的果实。譬如，这一片杏树，我曾亲历过它的种植过程。一尺多长的苗子，胡乱地被摆放在挖好的壕沟里。春天，黄土高原，沙尘强暴过的山野，土地干涩，水分深藏于黑暗。窖水浸泡过的根须，与土壤接触的那一刻，就注定杏树的宿命——生与死的宿命，中间只隔着一场雨水的距离。我的父辈们自然知道愚公移山的故事，虽是传说，但这个传说被坚韧和毅力变成了现实。他们亲手植下的希望，经过了柔软、发芽、吐绿、舒展、开花的自然顺序，但他们没有看见红灿灿、亮晃晃的成熟，就离开了熟悉的土地。

现在，大片的挂满了黄金色彩的杏树，遮蔽了我期望远眺的目光。摘一颗，放进嘴里，香气与甜汁以不同的方式浸润着肉体和精神。幼时，对“前人栽树，后人乘凉”，不大理解，此刻，嘴里含着杏核，不停地咀嚼，其中的味道，不言而喻。没有人前来采摘，熟透了的杏子，跌落于上年度尚未腐殖的树叶上，仿佛大户人家仓皇出逃时不慎遗落的金豆子。行走在树下，身体刚刚碰到树干，就会听见杏子落地时的声响——啪啪，啪啪，雨打瓦屋一般，但这声音旋即消失于寂静。站在两行树的中间，迎着阳光，头顶之上，眼界之内，被“硕果累累”统驭。

当绿色开始主宰一片地域，风调雨顺不再是封存的词条，或者过年时，贴在门楣上的期望。风调则雨顺，雨顺则草长，有草，就预示着生命和生存。

是羊，云朵一般游弋于西坡洼的草山。不是三三两两，是成群结队。羊不吃大草，吃寸长的小草或破土而出的中药材。在西坡洼，野生的药材随处可见，虽不及藏红花、冬虫草之名贵，但甘草、黄芪、党参等上百种天然药材聚集于此，调理着西坡洼的山脉和气场。羊在野草和药材密织的缝隙里，贪婪地找寻适合自己肠胃的食材，生活在西坡洼的羊，某种程度上拥有的幸福指数，远远高于物欲长途上奔跑的人。

我是有些失落——野草无人收割，药材无人采挖。

记忆中小时候的春天，我们背了背篓、拿了铁铲或镰刀，满山满洼地跑，为一背篓青草从清晨到黄昏；抑或在秋天的云层下，肩着铁锹或镢头，挖甘草、挖党参……挖可用来兑换生活的一切。而今，草挡住了人的去路，就连秋风也无法收割，牛羊啃去的只是万众之一。药材呢？幸运者会为牛羊养生，算是实现了自身存在的价值；错过牛羊目光的，只能期待来年能接受牲灵们光顾。

这个夏天，在西坡洼，我的身体和目光被草色迷蒙。见过新疆的伊犁大草原：广袤、宽阔、一望无际，是很震撼人，但我没有留下丝毫醉意，因为它属于它的牧民；也见过内蒙古草原的浩瀚和坦荡，但日渐沙化的草原，难免不让人失落。西坡洼的绿，虽不及草原一样广袤，但这绿已经完全触及到我的骨髓。

3

草是村庄长出的眼睛，来了或走了的身影，它历历在目。

正午偏西，我走进村庄。

树是静止的，舒展在空阔的天宇；院落是沉默的，固守着炊烟和岁月；玉米墨绿着，纹丝不动，刚刚吐露的绛紫色的缨子，昭示一个生命的诞生；芨芨草与柠条分别长在路的左右两边，偶尔也会刷一下车体,芨芨草细碎的白花扑簌簌落下一层。植物就是这么奇妙，有心栽培，不一定存活；无意为之，却绿尘四扬。

院墙的东边，是一个简易牛棚。七头牛，三头卧着，眯着眼，反刍着草料；四头站着，尾巴一甩一甩。七头牛，品种繁杂。我能认出利木赞、西门达尔和秦川黄牛，其他品种较为陌生。七头牛，像黑夜里七团燃烧的火焰，让人羡慕。主人我不认识，他说自己是山那边搬来的，在我们西坡洼租地、种草、养牛。老魏是会计师，很自然地和主人谈起成本和利润。也许听到主人丰厚的收入，老魏吐了吐舌头，用余光看看我，转而继续看向主人。

站在老刘家宽敞的院子里。新盖的七间房很醒目：深门浅窗，青色粉黛，干净整洁，似乎还能闻见松香的味道。

老刘是西坡洼唯一没有搬迁的人,这些年坚守着西坡洼的草山，传承着烟火，惯常着祖先留下的民俗。老刘有自己的生活哲学，从不离开家乡，也不外出打工。老刘对西坡洼人说得最多的一句：“金窝银窝，不如自己的狗窝。”老刘大我一轮，两儿一女，均已结婚，但都不在西坡洼生活。老刘说，等他们老了，飞不动了，肯定是要回来的。是的，我们是要回来的，这里有太多的记忆，这里有无法割舍的亲情和温暖。

院里养着羊，五十多只，各自安然。我端着老刘泡的盖碗茶，听着他对西坡洼未来前景的规划：申请政府修一条水泥路；种上几百亩的花椒、山楂、山核桃等；弄一万米左右的铁丝网，利用西坡洼的天然草山，放养山黄鸡、兔子、黑山羊……我说，这可是一笔不小的投资。

“我的规划不是我来投资，你们在外面的人可以回来嘛，我已经这把年纪了，有吃有喝就够了。”老刘让我写个可研报告，他自己拿去找政府，或者放在他家里，给每年清明回西坡洼上坟的人看，有意者可以回乡投资。老刘说，你可以去北墩墩梁看看，那里有两个宁夏大学毕业的大学生，养了近万只鸡，每年收入不下十万元。北墩墩梁——我自然知道。那里曾是我家的土地，土地里有我年少时的印迹。

也曾隐约听说，这些年离开西坡洼的人里面，有几个称得上事业有成的人，或许他们会回来投资。但愿老刘的设想不是天方夜谭，但愿我的项目本子能在西坡洼落地生根。

走出老刘家，阳光开始下沉。不用回头，这里的一切熟稔于心。这个被绿色浸染的村庄，我在她的背肤上行走多年。印迹和印记，犹如生活中的图腾，时时被眷顾。此刻，西边的云层开始泛红，霞光帷幕一般落下。老魏不停地按下快门，很专注、很专业地用成像挽留着西坡洼的宁静与祥和。

4

村庄或者故乡——一个时常走进写作者笔端的名词。我和这个名词一次次相遇，在有记忆的年份，总涂满忧郁、空落、失重和百无聊赖。最初是苍黄，西海固地域上固有的苍黄；后来，是淡淡的云雾，中间经过了一股清风，云层四散；现在，村庄像被雨水洗过一般，干净在空洞和幽蓝里。

我绝不会质疑自己对一片地域的爱恋。但我爱的不是绿毯一般的色彩，肥硕的土地和长满青草的原野。我爱它的透明和温润，衔着潮湿的温润。在西坡洼的土地上，我往往将自己的肉体和灵魂剥离。肉体追随枝叶发霉、腐烂于黄土，并蕴藏在母体的根部，期待下一个生长季节来临；灵魂总是附着于看得见的阳光、水和那些晃动的树木，并在树木的队列里窃窃私语着村庄的变迁。

有时候，我祈求灵魂变成玉米或者辣椒，被一双勤劳的手悬挂于屋檐下，能够随时聆听熟悉的声音，但往往事与愿违。我不是任何宗教的信徒，在没有任何意义的文字里徒劳地诉求或者祈祷。

这个夏天，从西坡洼归来。我在静谧里消费着时间，颓废的时间。卡夫卡和帕斯捷尔纳克的文字，在昏黄的光线里，被我一页一页翻过，但我没有任何心思去找寻大师级人物所赋予文字的技法和结构。我的思绪、情感，包括文字，流水一般漫向西坡洼的土地，并记录这片土地给予我的恩泽——被绿色统驭的西坡洼，如此苍翠。被祥和统驭的西坡洼，如此安宁。

生活书简

一个人的夜晚，时间似乎走得十分缓慢。
消费时间的最好方式就是读书。

我和我的工厂

1

从学校的人事科长手中接过那张派遣证之后，我便马不停蹄地奔向宁夏南部的那家工厂。彼时，工厂正在被另一家公司兼并当中。出出进进的人无所事事，悠然在秋天没有力度的光照下，谈论着从四面八方飞来的消息，并在这些消息里，捕捉各自上升的契机和图谋。

我背着一身憧憬、期望、希冀和诸多的青春想象，然而想象在我踏进厂门，面对这个冷清的院子，顿时夭折。

门房里，三个结实的年轻人执着于扑克牌；一个上了年岁的老人在花园里修剪着花草，也许是前几天一场雨的缘由吧，黄色、红色的菊花开得很惹人眼；四个女人在下午暗灰色的天空下打着羽毛球，飞在天空中的球，鸽子一般正好落在我的脚下，在那个女人捡球的瞬间，我向她问了人劳科的确切位置，她只是抬了抬手，沿着手臂的方向，我看见的是一幢白色楼房，门窗紧闭，油漆脱落，仿佛一张 A4 纸，苍白而寂静。

听不见机器的响声，这哪里是工厂，似乎是一座破败的花园。沿着楼梯而上，较大的办公楼里仅有一间房门是开着的，肯定是办公室了。说明了来意，那个脸黑、个高、说话语速很快的人将我的派遣证看也不看就塞进了抽屉，然后慢条斯理地说，厂子马上就要被兼并了，你还跑来干啥？接着便是沉默。我不知道该怎样回答他的问话。紧接着他又说，不过你也不用悲观，也许兼并后会好起来的，好好干还是不错的。现在已经俨然忘却了我彼时是怎样的心态，但我绝对没有思考他前后矛盾的语言，因为，我知道他或许也满怀希望，在希望中等待兼并。

十几天以后，在一阵锣鼓声、鞭炮声、领导讲话声之中，我们的工厂被正式兼并了。新来的厂长让我们从单身公寓里搬出去，说是要将我们的单身公寓改为“旅游度假村”。

厂里给了我十几平方米的平房，在厂子的西北角。这样的待遇，我还是相当知足的。工厂之大，总算有了安身之所，总比那些搬进育肥场牛棚里的职工要强百倍的。

花了整整一个下午的时间，才将房子打扫干净。水泥打的地面，裂缝很宽，凸凹不平，稍不小心，就会挡个绊子。墙角有个小洞，一只死老鼠趴在洞口。清理完才发觉，房子还是很大的。搬来一张用钢管焊的床，床板并不平整，没有办法，只好将学校里背回的一部分书垫在下面，被褥也是从学校带回来的，继续盖着。从“度假村”那边借来了一张破旧的两抽木桌，一把折叠椅，将剩下的书竖立桌上，蛮像那么一回事。

墙，还是太脏，有煤烟熏过的痕迹，好在我们的度假村正在装修期间，涂料还是蛮充足的。假装与搞装修的师傅聊天，第一天认识，第二天熟了，第三天给了那小师傅一包烟，并说了意思。小师傅连思索也没有，手一挥，不是什么问题，晚上给你涂。不到两个小时，房子就洁白一片。新鲜感在强烈的灯光下看上去有点眩晕。墙是涂白了，总该张贴点什么吧。贴什么？明星画，太俗；名人像，小城里好像也没有卖的；书法作品，太贵。于是自己挥毫泼墨：“路漫漫其修远兮，吾将上下而求索”。落款，耀东书，某年某月某日。挂上去的时候，有些可笑，但又不忍心取下。

2

工厂位于城市边缘，白天里还算热闹。城乡接合部的上空，机器运转的声音传得还是比较远的。下班之后，本来就不太多的职工都回县城或厂子另一边的家了，工厂就变成了“孤厂”。除了拴在墙角处狗的声音，风掠过树梢时发出呜呜的声音，门卫室里几个保安打扑克牌的声音……偌大的一个工厂，只有我走路时发出的声响。

在这个陌生的县城，我没有亲戚，没有朋友，没有同学，同事们也因工厂的效益整天阴郁着脸，偶尔说上一两句话，总那样冷冰冰的。无聊、郁闷、孤独整天追逐着我的身体。有时会从远方来上一两封信件，都是工作单位不好的同学，字里行间流露着牢骚与不快，都是些同病相怜者，便以同样的方式给他们回信。电话那时是有的，安装在厂长与办公室主任的房间里，像我这样的员工要用是很困难的。一次远方的叔父打电话询问我这边的情况，自然是不敢当着办公室里那么多的人说厂子效益不好的话，只是嗯嗯嗯地回答着他的问话。接完电话，是怎样走出办公室的，都忘了，只是感觉眼睛模模糊糊，身后也空空荡荡的，像丢了魂一般。

一个人的夜晚，时间似乎走得十分缓慢。消费时间的最好方式就是读书。书，并非文学读本，而是从学校里带来的《基础会计》《成本会计》《涉外会计》《审计学》《税务学》……再次阅读，感觉亲切、温暖。读到书的某一页，发现有的字迹下画了波浪线，因了这些旧有的痕迹，就努力地去想上那节课时的情形，回忆学校里的一些人和事。毕竟不是有故事情节的书，难以吸引住我的眼睛，没有多久，便浑浑噩噩地睡去。到了发工资的时日，就会借上一辆自行车，赶往县城里的书店，或书报亭，买上几本文学方面的书。那时大多买《散文》《小说月报》《星星》之类的书。买书会花去我微薄工资的五分之一，但也值。

仿佛生活在一座孤岛上，我的生活是那样的安静，安静得让人有些发疯。整个工厂似乎也是一座孤岛，不同的人占着不同的角落和位置，整天看着日出与日落，但你还得时刻提防着有人会占据你的位置。那时候，社会上最流行的一句话：下岗分流，减员增效。虽然我就这样安静地、孤独地、郁闷地活着，又时刻警惕着自己会成为被减员中的那一个。

依然将我在学校里学过的那些会计书目认真地读着。天真地认为只要能力扎实，业务熟练，总会有出头之日，总会有人发现我，重用我，将我从孤岛拉上岸。有一天，一个和我能谈得来的同事语重心长地对我说："我刚来的时候和你一样，信心十足，雄心勃勃，甚至比你还有野心，其实像我们这样的人是相差无几的，读再多的书也是枉然。"憋足了的一股气，被突如其来的话打消得一丝不留。

继续学习被风吹散，一些文学读物也无心去看，偶尔写点东西，信手扔在地上，像鲁迅先生说的那样：一种未曾有过经验的无聊。没有活儿干，工人们都放假了。工厂本来就很宁静，放假之后就更加宁静了。初秋的夜晚，寒气从地面升起。卧在树梢上的鸟雀，有时也会飞到我的窗前叽叽喳喳，它们怎么能不需要温暖？于是，干脆将门打开，并希望鸟雀能落在我的桌上或床上，和我说上几句鸟语，聊聊我的孤独和郁闷。

黄土高原上的冬夜，很深，时不时有雪花飘来。站在屋檐下仰望，雪花在灯光下很好看，以各种姿势自由飞舞，那么协调，那么快活。知道它们在阳光下会消失得无踪无影，但它们在瞬间还是释放出了自己的美丽。看久了，难免生情，难免会想起自己的处境，难免会神往在雪花的自由里。关了门，封了火炉。天亮时，猛然惊醒。头晕、目眩、恶心、四肢无力，知道是煤气中毒了，从床上滚下来，挣扎着推开门，那时候才真正领略到了生命与生活的意义。这并不算什么，一年之后的一个秋夜，感觉肚子有些疼，还能坚持，在坚持中睡了去。大约凌晨三点，疼痛将我从睡梦中赶了醒来。那种疼痛此前从未经历过，强忍着一步一步到了门卫室，值夜班的同事用自行车将我驮着去了医院。急性阑尾炎，要手术。没有亲人和朋友签字，只好保守治疗。药液一滴一滴地渗入血液，疼痛一寸一寸远离身体，一米一米的阳光从医院的窗户里洒落进来，我似乎闻到了阳光的味道。

3

工厂还是原来的样子，兼并后的景致并没有当初台上领导描述的那样五光十色，天花乱坠。车间里的工人放假，各科室留一人值班。

我在值班人员之列，就没有时间回家，就有了更多的无聊时间。

人的脚在地面上行走，人的嘴就要吃地面上长出的东西。育肥场里的牛早被刀子屠宰完了，场院空落，是种菜的好地方。土地肥，易长菜。于是，和几个值班的同事商议，说干便干，提了铁锨，扛了镢头，大有去南泥湾开荒的阵势。不是所有的人都种同一种菜——葱、蒜、香菜、小白菜、生菜、茼蒿都种。你可吃我种的，我也可吃你种的。自身在乡下长大，与土地的感情如同与父母一样。人勤地不赖，是一句谚语。我爷爷说过，我父亲也说过，那时小，不解其意。现在看着自己亲手种的这些菜，将这句谚语诠释得淋漓尽致，心头多少有了一点欣慰。吃过晚饭，很少去散步，蹲在菜地边看那些鹅黄、淡绿的幼苗一寸一寸地长高，很可爱，像自己的孩子。做饭的时候又不忍心去摘。菜是有生命的东西，当你摘下一叶一朵时，在母体的茎秆处就会有水珠流出，像泪珠一样。菜者，草头乃能食也，《说文解字》里是这样解释的。但它的命运决定了是要被人食的，只好忍痛割爱。

夏天，双休日的时候，是不愿意待在没人走动的工厂。骑了自行车，在街道的门市里买上半斤一瓶的牛栏山二锅头，两瓶矿泉水，三根火腿肠，不管什么方向，只要有路便走，走到没路的地方，将自行车随便停靠在一棵树下，也不用锁，谁会偷，鬼都不来的地方。躺在树林里，借着树梢的空隙看空茫的蓝天；想，什么都想，想累了咂一口二锅头，迷迷糊糊睡去。梦是有的，刚到好处，被野兔、野鸭惊醒，再看看天，时间差不多了，在醉与非醉之间跳上自行车，大声呼喊，大声歌唱。那时，最爱唱的就是《在那遥远的地方》。

秋天里，我的菜开始被我收获。秋天里，身在另一个县城的妻子将要分娩。也就是说，我将要为人父了。是喜悦，也是哀愁。微薄的工资怎样去养活这个将要面世的生命。我的母亲去世很早，岳母身体并不怎么好，伺候“月子”的事当然就属于我了。

日子在日记中一天天走过。效益在市场经济下一年年下滑。忽然有那么一天，宁静的白色大楼前，车水马龙，门庭若市。官员、专家、教授、策划师、分析师、经济师、点子大王、养牛大王、营销大王，齐聚会议室。大会大吵，小会小吵。会议纪要天天出，红头文件时时发，也好！那段时间，练就了只有我自己认识的速写体，学会了 UCDOS 下的 WPS 操作系统，练会了键盘上的双拼、全拼和“二指禅”。一个盘活资产、下岗分流、减员增效、破产倒闭、买断工龄的国企改革就这样轰轰烈烈地开始了。

我将一张请假一年的纸条摊放在厂长的办公桌上，厂长看了看我的脸，又看了看那张假条，大笔一挥“同意”。厂长是乐意给我们请长假的，请假就意味着不发工资，就意味着企业的利润和效益。

将十多平方米的房子重新打扫了一遍，把那些陪伴自己的书籍装进包里，卷起被褥，给那盆我一直养着的文竹浇了水、喂了白糖之后，门被我的右手用力地拉了一把。似乎和门的拉手重重地握了一次手，其实也算是告别握手，那之后，我再也没有进过那间房子。

4

再一次走进寂静沉闷的工厂，是五年后的某一天。

雨水落在脸上，有种微凉的感觉。泾河源头的群山被低低的云雾缠绕着，被缠绕着的也包括我熟悉的这幢白楼——泾河肉联厂。我在这里曾有过两年三个月的寂静生活，那时候，我将单纯的心灵第一次寄存给这白楼，白楼中那些熟悉的人群。然而，我最终还是离开了这些可爱的孤独地立在苍翠之间的楼群，连同那些给我带来欢乐，又带来诸多欲说不能的人们。

走下红色的汽车，站在通往白楼的路口，雨中的白楼似乎遥遥远远，曲曲折折，在我的眼底总恍惚不定。每向前靠近一步，心灵似被谁揪了一把，有种来自骨髓深处的疼痛。因为这幢白楼连同白楼里这群人的命运不知又将有怎样的变化。在这之前，我已从《固原日报》读到关于“白楼”要破产的消息。那时，我的眼睛似乎有些潮湿，怎么说破就破了。破，意味着我们将又一次各奔东西，又一次重新选择自己的命运。一群人的命运维系于这幢白楼，在沉默中悄然离去，对任何一个人而言恐怕是件不太轻松的事情。这些天，我总想着与白楼有关的一些事来，不是我自己，而是决定白楼在风风雨雨中走过的那些人，那些依然守着的人，那些已离开白楼的人，还有那些与白楼有着千丝万缕的人……当我一步一步靠近白楼的时候，坐在门口处的那个曾经的青年现在已有些苍老，他的眼里流动着我猜不透的光泽，他友善地向我点点头，什么话也不说，那意思是已向我问过了好，打过了招呼。我只是握住了他的手，那手有种来自心脏深处的温暖，朴素的温暖。我也向他点点头，微笑着离开了他。

敲了敲自己曾经坐过的那间办公室的门，里面很寂静，一点声音也没有。怎么忽然就想起“人面不知何处去，桃花依旧笑春风”

的句子。门，依然是那扇门，而门里曾经出出进进的人现在却被门拒绝在外面。没有办法，物是而人非。

雨仍然飘着，没有一点要停留的意思。这是飘在楼顶上的雨，这是洗刷面颜的雨，我想我能够接受这缄默中的雨，并在雨雾缭绕的白楼中能暂时寻找一处落脚的“干地”。

我履行了自己的手续，和那个微胖的说话有些迟缓的领导说了几句寒暄的话，在他面前我有些拘谨，又有些语无伦次，觉得自己有些幼稚。他大不了我几岁，可已老熟地成了一个真正的领导。那时候我们之间是一条河里的水，日夜流淌着，现在似有些陌生，他已站在了岸上，我依旧是这河里的一朵小浪花。

我又见到了那个老人，那个头戴白帽的老人，他的言语总那样少，如同雨雾中沉默的白楼。我现在已忘记他的名字，脸较以前更为沧桑，疲惫中好像携带着几分希望，但我猜不出他希望什么。

一个人行进在雨雾里，回过头看了看与我对望的工厂，犹如一方面纱，隐隐约约，又遮遮掩掩。

笔记生活

院子

是一座被废弃了的院子，十多年前被他的主人废弃。我注意到一把不大的锁子仍然锁着两扇已脱了黑漆的大门，铁锁早已锈迹斑斑，依然在秋天的阳光下为这个院子和它的主人固守着流转的岁月。我不知道它的主人锁着它还有什么意义。大人是不会来的，偶尔有小孩来，只是出于好奇而已。目光从门缝里挤进去，塌落的房子依然高傲地挺立着，那样冷漠，且神秘。细碎的野菊花，零星地开在院子的角落和房子的墙根。一棵老了的苹果树叶子早已落掉，与破旧的房子相互映衬着，倒显得十分和谐。院子和院子里的一切在主人离开的同时，它们也在老旧的时光里慢慢地消沉了，没有留下一丁点响声。我有意识地来看它们，它们却对我的到来表示漠然。仿佛十几年来，任何一个从它们身边经过的人一样，如同一场雨的开始和结束，一朵花的开放与凋零，一瓣雪花飘来又消失……

这是在村庄的最北边，一条窄窄的土路，很多年来人们一直在这条路上走动和生活。

一座被废弃的院子只能偶尔让经过这里的人们产生怀旧的念头，

回忆与院子有关的人，事实上回忆已经完全失去了回忆本身的意义。早年的窗棂依然安稳地镶嵌在土墙上，没有了玻璃，窗户看上去怪可怕的。屋顶上的瓦不怎么蓝，也不怎么整齐，任雨水和风侵蚀。没有了人住，瓦蓝着，整齐着又有什么作用？它不可能洁净了，尤其在这个秋天的悄静之中。一只鸽子从我的头顶飞了过去，除了羽毛和空气之间的摩擦声，很难听见人的声音。我将疲惫的目光拉回，转过墙角，破旧的院子依然静静地立着。只有“少生孩子多栽树”的字还新着，想必也是刚写上去没有多久。村庄是一个图书馆，收藏了一切与生命有关的事物。每一座院子便是一本书，记载着村庄发展的历史。院子里来了又走了的人犹如书的一页，在纸面上不停地记录着自己的生活，当他们的生活在院子里结束了的时候，书就翻过了一页。我看见了院子的后墙，后墙再后处，是一片平整的田畴，没有了庄稼，土地显现着它原始的色泽。上百年的光阴从土地上流了过去，在人们的谈论中也恐怕只是一瞬。

这个叫西坡洼的村庄，曾经承载了太多的传说和故事。很多的人在这里，在这里的土地上做着加减运算，包括他们耕种过的土地，用过的简单的农具，以及土地上浓浓的庄稼的气息，现在都已经老旧了……而且以不同的方式在消失，速度似乎越来越快。的确是不敢再去想象，因为沉重，我坐在一棵树皮很粗的树下，点燃一支烟，让烟雾模糊我的视线，在心里自言自语：这破旧不堪的院子，竟然是我出生的地方！

阳台

由近及远，最近处是几盆生长茂盛的花草。是冬季，花早已凋零，只有叶子墨绿着，目光落在叶面上，柔软，新鲜，透亮。玻璃上产生的水雾，由于动力的作用，沿着原本透明的表面形成一条细线，窄窄长长，弯弯曲曲，像谁画过的一笔。推开窗，目光向上稍移一点，则是一面巨大的淡蓝色山墙，把视线挡住了很大一部分。山墙和我家的阳台空间上不足十米，从一楼到六楼，六个小窗总那样一成不变地被镶嵌在墙体上，像三双眼睛盯着远处。偶尔能看见走动的人影，只那么一闪就不见了。我是不愿意看这些窗户的，怕被窗内的人看见，尴尬而不自在，因为窗子里面是那些人家的卫生间。不抬高视线，顺着山墙的夹缝望过去，仍旧是一座一座形态各异的建筑物，棱角分明，线条明晰。将目光落于地面，是一大堆未用完的砂石，四五个孩子在砂堆上溜着，其中的两个好像在争吵着什么。长臂的塔吊非常稳当地站在楼群的中央，夏天施工的时候，我担心坐在塔吊上面的那个司机师傅会掉下来，会和砂石一样摔个粉碎。我不知道自己的担心是否是多余的。我常常这样独立阳台，从仅有的一点空间中望天，望周围的一切，每一次都会发现这个世界被一个又一个新的几何体霸占着。仔细一想，我们生活的这个球体，大到山川河流，小到村庄院落，无不是由几何体的线条构成的。比如，我眼前这扇窗、身后的桌子、吃饭的筷子、睡觉的床，都被几何线条界定着。即使你躺在床上，无端地生出一些欲望和想法，它只会在你的大脑里出现，要变为现实，你就得冲破约束你的线条。

冬天的夜晚来得很早，原本清清楚楚的满天星斗在城市的夜空中就显得有些迷蒙，这时候是不愿意站在阳台上的。看什么？万家灯火万家雷同。合上窗，思绪就会跑到城市之外的老家。在老家的院落里仰望，星光是那般干净，星与星之间的距离可以用手来度量。一颗星就是一盏天灯，天灯在夜空里散发着微弱的光，光没有热度，就不会刺眼，因而数起来很清晰。现在，才知道它们白天也存在，而且在浩瀚的宇宙里亘古不变地存在着，各有各的运行轨迹，它们的运行轨迹又构成了不同的几何图案。我偶尔在北京的天文台里借助高倍天文望远镜看过星际间的运动，它们是那样的形态万千，亲切自然。

经常就这样毫无意义地站在阳台上，时间或长或短，视角疲倦了的时候，审视这一方小小的天地，又不能不生出更多的困惑，感叹窗外的“赤橙黄绿青蓝紫”之后，内心又质疑自己身居何处。

傍晚

与往常一样，傍晚时分，我会在缺乏声音的城市边缘转上一圈。没有任何目的，只是随便转。当一只肥大的蝴蝶缓慢地落向荫深的草丛时，我感觉自己身体上仅有的一点光亮也随着蝴蝶单薄的羽翅跌落，整个过程平和而漫长。我的目光经过高速公路那一边的田地，经过田地里正在舒展着茎叶的麦子，经过麦田边低飞过来燕子们光滑的羽毛，经过树梢上残存的余光，到达屋顶上落满灰尘的瓦片，然后和苍茫一起消失。蝴蝶消失的那一刻，我感觉自己的身体也在和周围的这些事物一同消失。比如此时，我正站在一家人的院落前，大门一声不响地被主人关上，刚才看见停放在院落里的一辆旧式自行车，花园墙上搁着的一把锈迹斑斑的水壶，挂在窗子旁边的一只土黄色的帆布工具包，铁丝上可能挂了整整一个下午旗子一样招展的衣服，以及院落里无穷无尽的事物，都被主人关在了我的目光之外。天空之上，落日温柔，高傲的光线再也无力显现大地的华彩，城市边缘的傍晚和我一样平静、缓慢。

和这个人还是不期而遇了。短暂的惊讶之后，相互握着对方的手，手和手分离，像黄昏穿过城市边缘所有事物那样漫长。在这条路上转悠，本不想遇见什么人，我是有意识地离开或者避开人群多的去处。我并不是要离开或躲避人多处的那些景物，我说的是自然的景物，譬如花草，譬如树木。对这些，我与生俱来就有一种亲切感，它们不但对我，对每一个人都释放着亲切。我怕见一些人，一些在人群多处故作深沉或者大谈思想的人。在我生活的这个小城，近些年盛产作家和诗人，时不时你就会听见“著名”“实力派”这样的词汇。这对于一个城市是莫大的荣誉，然而这些荣誉的制造者就有些轻浮和张扬，与这个沉默了上千年的小城有些格格不入。他们似乎学富五车，汗牛充栋，任何一个生活在他们周围的人，在他们的眼里都很俗气。就像我刚刚碰见的这个人，他说自己到某地开会了，在那里他见到了著名作家某某某，他们一块吃饭，睡同一间房，著名作家还看了他的作品，要将他的作品推荐给某个文学大刊。在他说这些话的时候，我感觉这个人较以前成熟老到多了，他简直不是一个文人，而是一个阴谋家，或者一个四处投机的政客。他总是那样滔滔不绝地说着，我依旧那样津津有味地听着，我不能薄了这个人的脸面，我想他会说完的，反正我是一个闲人，有的是时间。他终于说完了，脚步开始在我的身后消失。我知道他的下一个去向就是人影聚集的地方，他的身影和声音还会和遇见我时一样，他的语言，说不定从这个傍晚时分延续到深夜，甚至天亮，在城市某个灯光柔和的酒吧里。

雨后

下午，雨停了，四周异常的安静，办公室里也异常的安静。在我面前，放着一本《泰戈尔散文精选》，阅读着里面的一些章节，很美的句子。一股风从打开的窗户外吹了进来，飘着泥土的清香，萦绕着我的身体，仿佛雨后大地上新的生命呼出的气息，而我的呼吸仿佛也触动着大地的身体。

站在窗口，不远处湿漉漉的麦苗随风摇颤；水灵灵的草丛里几只饿了的鸽子或低头觅食，或用嘴啄着自己的羽毛。没有喧闹，绿得发亮的柳树、杨树在风中发出轻微的声音。

距离眼睛不远的地方是临时车站。叶子浓密的杏树下聚集着不少等车的人，被雨水洗涤过的面包车一停下，便争先恐后地上车。我望着这个小得不能再小的简易车站，感到别有一番情趣。这里是城市的边缘地带，上下车的人自然很多了。他们有的怀里抱着一捆芹菜，有的提着一个不怎么新的皮包，有的肩上扛着半袋粮食，也有穿着时髦的男女，总和这些朴素的村民拉开一定的距离，可能是怕这些村民在挤车的过程中，弄脏了他们的衣服或者弄乱了他们的发型什么的。宁静的雨后，出出进进是司空见惯的事情，就是这些出进的人构成了城乡生活的一条支流，缓缓地从乡里流向城里，又从城里流向乡里。

看着窗外不断变换的景致陷入沉思：大旱逢甘霖之后的西海固田野、河流、庄稼为何依旧透现着沉郁和苍凉呢？或许是因为西海固的自然景色骨子里原本就携带着沉郁与苍凉的成分。看上去仍很沉重的云朵没有一丝要离去的样子，压在山顶、树梢，甚至地面之上，置身其间，人就太渺小了。在山峦与田地之间往来，只隐隐听见他们的交谈，我知道我能模糊地看见他们在人生的道路上颠踬，寻觅亘古如斯的些许欢快。在浩茫冷漠、层层叠叠的山野中间，那些微语，那些忽隐忽现的歌谣，那昼夜忙不完的琐事，是那样细微又那样短暂，充斥着他们无畏的忧虑。在没有任何目标、烦恼，无序竞争和拼搏的山野中间，可以看见博大精深的美和广阔而沉稳的静谧。可是在我们中间，每个人的心里都填满了不间断的奋斗的艰苦。比如，我眼前这些急着赶往城里的人，他们在那里取回他们所需要的一切。取回——就是一种奋斗，这中间有可怜愁容的，也有满面春风的，更有满不在乎的……再比如，现在的我，寂寞地坐在窗口远望，每一次远望，就会有新的奢望出现。我已经习惯了这种寂寞之后的奢望，几十年来一直在寂寞中为日常生活做着不间断的奢望。

目光越过河流，再越过影影绰绰的树林，停留在雨雾萦绕的山头，心也不自觉地飞到那里——那里有原始的宁静，在那里能谛听到清风与野草的低语。

六分沟

中秋节的下午，这个叫六分沟的村庄，弥散着欲说不尽的光芒，在我的眼里，像大手笔泼洒的一幅水墨。

如果抛去东边的黄河与西边的贺兰山，忽略沿山公路上南来北往的汽车，我要抵达的这个村庄，仿佛童年里生活在西海固腹地的村庄——西坡洼，但这只是我走进这个村庄的瞬间想象。

六分沟是生长在贺兰山下为数不多的移民村庄中的一个。所有的房舍，几乎一模一样，高墙平顶，深门浅窗，突出的屋檐，像戴在乡村干部头上的“鸭舌帽”。当地人称这些村庄为“吊庄”，我至今没有搞明白这个称谓的意思。在这里，这个词不是褒义的，至少有俯视的成分，就像南北朝时，从黄河流域迁徙到长江、珠江流域的人一样，被当地人称之为“客家人”。这里最初无人居住，很广阔的一片盐碱地，远远地看，以为是落在地上的雪，踩在上面，软软的，会留下很深的脚印。粮食和野草是不会在这里生根、发芽、生长、成熟的，粮食和野草也只能望而却步。20 世纪 80 年代后期，宁夏政府的目光投向了这些土地，于是一个叫“解决温饱”的词从宁南山区一路向北，寻寻觅觅，坎坎坷坷，最终落于此地。最先走来的是男人的脚步，在春天的沙尘里砌墙盖房；在冬天的寒冷里抱着火炉，烤馍馍，就咸菜，日子风一样一刮就是一年。最后，女人、孩子和狗走进了这些土坯的房子。房子有了温暖，盐碱地上有了树，有了草，有了粮食和炊烟，有了上百户人家。当初的温饱，在现在的六分沟，已经成为时间记忆里碾过的词语。面对这样一个恬淡的村庄，融入了多少人、多少年的艰辛？就像我经常刻意给自己设计的生活环境：一座院子，不大，有花，有树，有草色，门前有水，鸡犬相闻，人声互答。这只是我在黑夜来临之后，从星光里走来的奢望，然而，在这里我似乎找到了企及已久的心灵保存。

红砖砌的院墙，贴了瓷砖的山墙，在下午的阳光下熠熠生辉；敞开的院门，宁静的屋宇，在干净中彰显着殷实。每次回到老家西坡洼，我总会从往来于两个村庄之间人的嘴里，听到许多关于搬迁到六分沟那些村民们的故事，当然了，大多是悲凉和艰辛。今天贸贸然造访，使昔年的传说在现实面前瞬间被击碎。语言一旦经过修饰和雕琢，往往会变得色彩斑斓，或阴暗腐朽。听，总是在虚无缥缈间徘徊；看，有一种真实会被心灵保存。

一群妇女在路边的树荫下聊天，有抱孩子的、做针线的、手拿芹菜的，还有接电话的。看得出来，她们不仅仅是聊天，聊天的同时在等人，等节日里外出归来的男人、回娘家的女儿，和家人一起团聚的儿子……一群放假回家的孩子，自行车骑得飞快，周杰伦的歌、林俊杰的歌、凤凰传奇的歌从他们的嗓子里飘出，虽有些稚嫩，不那么好听，但很原始，很真诚，绝对没有作秀的成分。水渠不是很宽，水不怎么深，似乎没有流动。四五只鸭子游弋其中，它们整整一个下午把自己泡在水里，这些无忧无虑的家伙，如此贪婪地消费着时间，真让人羡慕。水渠那边，是望不到边际的玉米地，依稀能看见人的影子晃动田间。中秋的玉米棒子，已然丰满，没有了水分的缨子，孤单在泛黄的秸秆上，渴盼一双手的光临。

在六分沟的下午，我没有带相机，即便带了，我也不会用镜头捕捉深藏在村庄里的秘密。照片是直观的，表象的，看不见细节，自然闻不到热闹非凡的粮食的气息、瓜果的气息、花草的气息，以及人的气息。

我要去的人家姓程，主人是我的堂兄，在我们这一辈中排老大，习惯叫他大哥。之前和大哥通过电话，他在贺兰山里的一个煤矿上开装载机，晚上才能回家。此时，站在门口等我的人是他的女儿。这女孩叫程静，我依稀记得离开西坡洼时也就五岁多一点，不爱说话，时常躲在大人身后，很腼腆的样子。现在，已经出落成一个大姑娘，到了谈婚论嫁的年龄。时间总是让人在不经意之间才发现它的存在，就像我在自己的一篇散文中写的句子：在追逐着时间，也在被时间追逐。程静这样的女孩正是追逐时间的年龄，而我已经到了被时间追逐的年龄。实在是不敢多想，还有多少时间能被我储存？

房子足足有两百平方米，中国农村式的陈设。坐在宽敞的房里，有些羡慕。大嫂说，花了十几万盖的房子，就她一个人住。儿子在天津，小女儿在北京，大女儿离得最近，只是偶尔回来住一住。我知道大嫂说的是心里话，此处并非炫耀。这就是当下的国情：城市像一块巨大的磁石，以巨大的磁场，吸引着成千上万的人在它中间做着各种运转，这种运转似乎没有秩序，没有规律。

大哥较我记忆中胖了、白了、精神了，话也多了。和大哥对饮，聊天，在这个月圆的夜里。当然了，话题是从我们共同出生的那个叫西坡洼的村庄开始的，有关那个村庄里的人和事，在我们的谈话中慢慢变得清晰、亲切、温暖。母体一般难以遗弃和割舍，一些旧物和旧物上的时光依然那样甘醇，就像此时被我们喝下去的酒精一般，越酿越浓。月是故乡明。在这样一个夜晚，我读懂了它的真正内涵，直至有泪腺从眼角处悄悄流出。仔细想想，那个养育了我们祖父、父亲和我们这一辈的村庄，也就繁华了不到一百年的时日，而之后，我们弃她而去。遗弃——是一种迫不得已的选择。用大哥的话说：人挪活，树挪死。刚搬到这里的时候，也就七八户人家。春天里，一刮风，就是十天半个月，家家门窗紧闭，见不上人；秋天，稍微下点儿雨，村子就成了沼泽，路两边都是烂泥，没有下脚的地方。现在，你看看，才十年的工夫，六分沟变成啥样子了？路是油路，房是砖房，学校、医院就在门前，大棚里一年四季有新鲜菜，公交从门前过。最不行的人家一年也收入三四万元，这就行了，又不交粮、不交税，能过上这样的日子，我已经满足得很了。我觉得大哥说的不是醉话，是积蓄了多年的心里话。是啊，人总是在不断迁徙中发展着自己，繁衍着自己，壮大着自己。

这个中秋夜晚，我和大哥在醉与非醉之间各自睡去。

第二天，依旧是个秋阳艳照的日子。我在六分沟的田畴间漫无目的地行走。没有鸟叫，没有鸡鸣，没有狗吠，就连村道上行走的人的脚步也那样悄静，整个村庄处于悄静和安详之中。水稻以自己特有的金黄涂抹着大地的色彩，泛红的枣子点缀着空阔的天域，正走在凋谢路途上的野花依旧暗香浮动……这个秋天，在这个被精神养大的村庄里，我重新拾起了来自村庄的激情，触摸到失散多年的温暖。

在清静中阅读

伸出右手，轻轻一碰，这一扇铝合金窗户就会被关上。同时关在窗外的还有109国道上那些往来的汽车声音，公寓后面玉米筒仓里玉米被破碎时的声音，车间里各种风机和电机运转的声音，以及整个与工业有关的声音，就连春天的阳光也被我关在了窗外。这时候，我的整个身体被清静包围，我热爱这样的清静，并独自享受这短暂的只有一天或者两天的清静。

天渐渐热了，风很柔和，正是遥看草色近却无的季节。窗外的黄河岸边、湖的边缘、田畴间、稍远处的山路上一定有了人的身影。呼吸着草的气息，自然的气息，甚至可能会做出很夸张的动作——伸开双臂，拥抱春天里的空气。许多关于春天的故事，早已变成往昔，不愿回忆，不愿捕捉，也不愿再去追逐，就让它匿藏于黑暗，如佛所说的那样：永远不得转世。现在，越来越喜欢独处了，喜欢在有限的时间里读点书，就是我喜欢的那些书，三遍五遍地读。一个章节、一段描写、一句话，或者一个词，会琢磨好长时间。其实，现在读书，与欲望无关，与荣誉无关，与文字和写作也无关，只是在喜欢中一寸一寸地消减着时间。而且在时间的辙迹中，使自己远离浮躁，远离一些不值得记忆的人和事，在不断远离中寻找并享受这很难得到的清静。

只是清静，而不是孤独。关于孤独，里尔克有段经典的语言：“如果此时孤独，那就永远孤独，如果没有房子就不必建造。主啊，是时候了，徘徊在黄叶铺地的林荫道上，让枝头的果实金黄……”里尔克的孤独很有高度，他在孤独里思考。当然他的思考不仅仅徘徊在秋天的林荫道上，他在思考自己的民族、国家，甚至整个人类，那就让里尔克在孤独中去思考吧。我，此时是不孤独的，我在追寻一个人的清静。

他们都回家了，回家消费属于他们的时间去了。我何曾不想回家？只是我的家在三百四十公里以外的地域上，只是有限的时间和金钱约束着原本属于我的回家自由。无奈，只好把这短暂的时间寄存于思念、牵挂这些强大的词汇里，并在词汇里躲避这种纠结。

斜躺在床头，铁观音叶片在水里缓缓展开，茶香浮动，打开电脑里的音乐，读《沈从文传》。这几年，无比热烈地喜欢上这个中国作家。他的作品，他的人格正在潜移默化着我的生活方向和阅读方向。书页被手指一页一页翻动，这个永远微笑的老人，开始明晰在我的眼前。20世纪20年代的中国湘西，一个少年站在沅江的船上，遥望着夜色中的星空，想象着星空下更为遥远的地方；30年代，在北平，在北平的天空下，他用一支笔，开拓了一个流派；40年代的西南联大，站在讲台上的他，为众多的有志青年传道授业解惑；然而，到了50年代，他淡出了中国文坛。我几乎能背出他的履历，以及他文章中许多经典的章节。我的确无法描述这个从不张扬的中国作家对我的濡染和引领。阅读他，就是享受一场文字的盛宴。

我有自己的阅读秘密，常常在这样一些清静的日子里，将自己的秘密不断扩大，不断拓展。秘密的起点，充满着焦虑与荒凉。在这样的一条道上，寻找适宜于我寄存心灵的处所，处所始终没有尽头，湖泊、绿地、广阔的草原、宁静的森林，总显现在某个地方，而那地方又那样遥远，生命中无法企及的遥远。

曾经，迷恋俄罗斯人的忧郁、执着、苦难中的寡欢，他们把优美的文字撒在顿河两岸，撒在寒冷的西伯利亚，撒在流放的路途上……在这个双头鹰飞翔的国度，坚韧与反叛始终成了被张扬的主题和主体。

《这里的黎明静悄悄》，原是一个中篇小说，我看过被改编的电影，没有了封皮的小人书，被中俄两国人拍成的电视剧，然而我只看见了战争的残酷和死亡的惨烈。也许，人或者人类，活着的意义就是占有和掠夺。这样的经典不读也罢。

于是，我的目光又一次回到我生活的这个国度。读《春风沉醉的晚上》《桨声灯影里的秦淮河》《茅盾文集》；读《散文》《小说月报》，这些从床头上可信手拈来的杂志；读同学刘衍青的《明清小说的生命立场》；读张承志、贾平凹等这些当代散文名家；也在博客上阅读一些被称为实力派或名人的文字……至于读什么，那是随心所欲。

当然，偶尔，也有朋友、同学打电话来，约吃饭，约一起KTV。这时候，就会用一个忙字或者加班搪塞过去。在距离我客居的这所小城二十公里的城市里，有很多同学和朋友，包括在我生活路途中指点过的老师和恩人。时间在一寸一寸地走远，走远的也有感情和友情，重新捡起，已经没有多少意义，只是给自己和别人带来诸多尴尬。

有一种环境可以熨帖来自生活的褶皱，这种环境只能一个人独享。清静中我不可避免地想起三百四十公里以外的父亲和妻儿，我知道他们无时无刻不在思恋远行的我，我把这种思恋寄存在读书当中。触动灵魂的文字，往往使我暂时忘却对家人的惦念。

在清静中读书，沿着文字的走向，内心自然有了一种渴求的意境，如醉如痴。

天在热，春在浓。远处的山峦不再苍黄，近处的树木缄默于妩媚。春风浩荡，无声无息，无止境地与大地缠绵，把一些秘密吐露在光天化日之下。在这个春天，在这个春天的早上，一个人的屋子，所有的浮躁和思恋，在清静和文字中渐渐沉寂。

光影记

1

清和静，和阳光一同落在这块深灰色台面上的时候，一个白天正式开始被我消费。

单曲循环《伊犁河》。一个男声从悠远的伊犁河谷飘来。沙哑、忧伤，略带一缕沧桑，是我喜欢的那种声线，也是我经常有意营造的氛围。虽然与春天的色块很不匹配。

电脑里依然是旧年的文字，一遍一遍地过，除草一般。那些杂乱的、次生的、不适宜生长的青苗，统统拔掉。自己种的粮食，亲手拔掉，虽有心疼之感，但割爱是为了更久长地生长。

午睡。有梦。梦里是老家西坡洼的土地。熟悉。亲切。在杏花摇曳的山梁上奔跑。为何奔跑，梦没有告诉我。

醒。风自西北来，浩浩荡荡，扫过如砥平原，只留下怒号的耳语。微信里，有人发来初绽的梅花图片，有人晒落雪的手机成像……江南已是春意盎然，塞上黄尘一片，塞外依旧冰天雪地……应了那句“江山如此多娇！”

年后思乡，似乎成了一个凝固的、惯常的综合征。极力调整，多元分化，如顽疾，仍不肯褪去。也罢，有此病例者非我一人。

灯火初上，给即将参加高考的小伙子打电话，未接。估计又在上网。茫茫网络，是否有本年度的高考题虚拟其上，还得问现实中的课本。

2

大地回暖后的每个早上，我都会听见一个男声在楼下的停车场响起。此时，我正在开电脑或者泡茶。时间大约是 8：05，但绝对不会超过 8：10。循着他的声音，我会端着一个深红色的茶杯，站立窗前。在车场中央，面对一些色彩、价格、款式不同的车，开始大骂。也不知道骂什么，但日子久了，还是能听清楚的。

好像是土地被征收后，认识了一个女子，好了一段时间，钱花完了，然后跟人跑了。车场里空无一人，这些过夜的车，绝不会因为他的声音而自动离开。保安、保洁陆续入场的时候，骂声停止。又开始讲人类发展史，讲辩证法，讲路易十四和斯大林，偶尔也讲希特勒……而有一次他竟然朗诵《诗经》里的《采薇》。不得不怀疑他的背景，怀疑又能如何？直到银行人出来做广播体操，他才离去。离去时还不忘唱《国际歌》，特别是“因特纳雄耐尔就一定能实现。”这一句铿锵有力。

看着他的背影，茶杯里上升的水汽，开始迷蒙我的视线。

回到电脑前，一边继续喝茶，一边浏览凤凰网上来自全球的各种声音……

3

很明显，北京东路已经在享受春天！

那些沿着公园晨练的人们，让阳光洒在身体的各个部位，并不断地变换着姿势，让蛰伏了一个冬天的血液，由稠密变得稀疏，使流淌更加匀速。

草尖有了些许泛黄，绿色深藏于懵懂。尽管音乐很热情，散乱于草的缝隙。但，只能静听。热闹似乎还需要一些时日。

我的双脚与水泥路面不断摩擦，没有带起一缕尘埃。春风已经开始远行，从遥远的南方之南，从蓝色的海平面，一路走到我的脚下，走到北京东路的时候，那个我经常碰见的老人，他绝对是第一个感知到的人。因为今天他没有戴口罩，没有戴棉帽，羽绒服被一件灰色的中山装替换。

我继续走我的路，阳光也在走，所有有生命的物象都走在通往春天的路上。

4

夜，如一列火车，载着黑暗开往黎明，驶向阳光，驶向春天里的阳光。所有的乘客在趋于宁静的车厢里，用睡眠驱逐疲劳、倦慵和白天留下的记忆。一个睡不着觉的中年男人，在劣质烟草燃烧后的烟雾里，找寻通往阳光的出口。

出口不远，静默于野花烂漫的某个山巅、山腰抑或被许多人踩踏的山脚。有牛的蹄花，鸟的爪印，刚刚被风吹来的草籽……也有背水的女子，唱着歌儿的少年，忙着赶路的商贾……一个身心癫狂的诗人，在蓝天白云下，写着雨水和雪花的句子；一个大脑痴呆的散文家，用真诚的态度记录着生活和生存；一个精神失常的小说家，坐在冰冷的石头上，虚构着鲜花、爱情、金钱、财富、欲念、谎言、仁爱、善良……生与死、安与乐、宗教与信仰、战争与和平……喜剧的开始和悲剧的结束……一个双目失明的评论家，站在沙尘四起的树梢上，用手比画着诗歌的节奏，散文的语言和小说的细节……

迤逦行至出口处，缄默坐看鬼翩跹。

5

花开了，开在下午回家的路上。它开在那里，怎么能说是我发现呢？它是自己的，把自己最美的时光留给自己最灿烂的季节；它又是大众的，开在路边，那样无私，只要愿意，它把自己毫不保留地呈现给所有的目光。我相信，所有投向它的目光是温暖的、善意的……有谁会和一朵花结下仇怨？

走着走着，花就开了。花在花的世界里绽开，那生命的开始，仓促而又短暂。能享受到自然界的阳光和雨露，看见人世间的繁华和喧闹，大概是花最为执着的追逐，是最为骄傲的一季存在。

当然，走着走着，花就落了。花落的过程，也是花的使命。如若一直开着，那么，那些期待尘世很久的花苗，将永远孕育在母体的胎腹，也许，未见人间烟火，便匆匆夭折。那将是多么残忍和残酷的事情！如同人，都想长生不老，后来者怎么办？

我一直把走过的时间揉碎在花一样开放的文字里，包括记忆的童年，用文字记录以来的青年、中年和将要到来的老年。我的回忆，就像生活中无处不在的草，和草丛里兀自开放的花，有时杂乱，有时整齐，有时是人工移植，当然我最爱荒野里那些经历了一个生长周期的草，或者花。

走着走着，充满鸟语花香的磁场氛围不知不觉就不知去向，只留下残枝败叶和一地荒芜。也好，荒芜也有荒芜的磁场，强大、凄美和那天堂一般的诱惑。

在我的眼里，荒芜也是一朵盛开的花。它也有花开花落，有生命繁复，有风花雪月，也有生老和病死！

6

习惯了直来直往。对于每天遇见的物象，趋于漠视。无意中穿过右手边的树林，一湖春水充盈于黄昏天地。沿岸是垂柳。嫩芽间似含了淡淡的烟岚，在青灰色的天空下静默。

明知已是春，却感知不到那久违的草的气息。叠加在肉体上的衣物，不时被更换。在日子的缝隙里，衣服如同这柳，感知到了热，就得褪去一个冬天的厚重。

站立。看水。水被阳光温暖，被游走的目光温暖。身体竖直在这里，有些突兀。水是时间流淌后的见证，我不愿停留在时间的仪表盘上，任凭拨摆。想起时间，有种莫名的害怕和战栗。

转身。走。没有沿来时的路。择草地而过。

我只是想体味一种气息，久违了的黄昏的气息。对于水和时间，已经不足以震撼我日益疲惫的身心。时间是长河，但我不会在长河里把自己淹死。可以有，也可以忽略。

真正意义上的山水早已遁逃，不是自然，而是人为。但依然有人的足迹早晚出没于此，或许，他们只是为了一种记忆。我能闻到一对老人刚刚离开时留下的气息：并非残年，是蜜蜂飞过时的甜蜜。

枝条在微弱的黄昏的光线里婆娑，并轻微晃动。这光线似乎在催促我：你该离开了，这里需要静谧、安然，不需要过多的触摸和足迹。

7

绝非唐突和刻意，只是无意中就站在这条没有流水的废渠边沿。光照温润而饱满，使这条干枯的水渠呈现出生机和盎然。日渐复活的草木，彰显着生命的重复性与不可代替性。它们并非夺目，杂乱在砖头、石头、纸屑、塑料、水泥等等的缝隙之间。鹅黄色、淡青色、浅绿色等色块与这些干枯和陈旧形成了强烈的色差。如同一个初试水墨的人留下的败笔。但这败，透射着一种残缺的美，给人的目光留下了诸多空白，使想象无限延伸。

我的脸面落满阳光，并被阳光抚慰着深藏已久的褶皱。头顶有鸟雀啾鸣，从一棵树到另一棵树。它们飞起的瞬间，树梢出现微微晃动，但绝不影响声音的远播和扩散，也不会影响我的目光去追随它们短暂的飞翔。

沿着枯旧，踩着脏乱，能闻见一股久违的腐殖的泥土气息，在一片明媚里，徐缓散发……

8

浩荡了一段时日，春风终于把自己吹疲惫了，只留下安静，灿烂在阳光的深度里。每日遇见的枝条，经过惠风和煦，日渐露出新意，有些羞涩、腼腆，但最终还是从朦胧中打开了自己。鸟雀站立枝头，最初是一只，随后是几只，最后到一大群。叽叽喳喳，似要赴一场语言的盛会。

雷同的还有草木，匆匆赶往一个热闹的舞台，尽显韶华。

径直地走，与一缕馨香遭遇。是丁香，独自繁华在一些杂树深处。突然之间周身有了松懈之感，好似攒动的人群中看见一个故人的身影，马上要消失。与此时正在妖艳的桃花、杏花相比，这朴素的小花瓣才刚刚初绽，要持续多久，吐露多少暗香，近在眼前，却无法揣度，也不去揣度。

没有人能阻止一朵花的盛开，一缕香气的扩散，即便传说中的青帝复活，在强大的自然之神面前，也不过小神一尊。面对一束花瓣，我想到的不是此时的艳丽、夺目和袭人的气息，而是一个花期之后的夏天，一个夏天之后的秋天，有多少果实会甜美在看花人的舌尖？

春种不一定有秋收。一季花开，也有美丽之后不结果实的“谎花”。

草木青青，稼轩盈盈。我们渴望一成不变，大自然总在摇曳和善变。

9

将几张墨绿色的单子兑换成现实中的碎银后，我站在邮局门口，左顾右盼。不是怕人打劫，是耳朵被工业电锯强暴。

一个没有任何标识的人，在为这些站立的树做着美容。蕴藏了一个冬天的树，在春的萌动里，难免有纷乱和不成规矩的枝条出现。剪掉多余，疏开密实，让风雨将养分滋润给有用的枝叶和茎干。

其实，在春天，我们的目光一味地、久长地依恋于那些盛开的花，而忽略了不开花的树。比如，我眼前的这些杨树、白蜡、垂柳……它们从春到冬，一生就没有开过花。我说的是有颜色、有香气的花，不是那些讨人的柳絮。树不语，长着、绿着、安静着，不争美丑……最后却被用作椽、檩、栋梁和装饰的板材……

而争抢和炫耀的往往却是那些不成材的小花小草。把自己消耗于迫不及待，最后以枯萎谢世。

我站着，不想离开。看着这些被修正过的树木，面容清新在迷离的春光里。修正的过程充满了疼痛，但我清楚，对于树，只是短暂的。因为疼痛，再次延续了生命的重新开始和生长方向。

半个早上，我像一个不屑世事的孩子，跟在这个没有任何标识的男人身后，看他娴熟的技艺——给树“理发”的技艺。

10

我拒绝声音和语言。拒绝无聊的酒杯、筷子和以农家菜为名摆放在眼前的绿色。我更拒绝是非的耳语，弥散在这个孤独的、黄色的春日午后。

一条河贯穿城市的心脏。我在心脏边缘行走。水声虚幻，水草隐秘。已经完全打开的树叶，将落在大地上的阳光切割成诸多碎片，留下一地斑驳。掩映于绿尘深处的鸟鸣，惊动了此时属于一对恋人的安静。

沿着水的流脉，一些植物和我一样，享受着属于我们共同的光照。比如这些金叶榆、国槐、垂柳，被移植在了这里，点缀着河的门庭。永久的，一生的。而我，只是一个过客，不会停留多久，绝不会和这些静谧的植物争抢光照。

离开河流，穿过一片树林，由水泥路面走回我的房子。打开房门，被我背回的光线让逼仄和昏暗无处可逃。此时，暂存在目光里的河流，漫漶一地。

11

没有任何必要去考究一场风的开始和结束。从什么地方启程，最终抵达于何处。我们和风的熟悉程度，远远胜过日常无法逃避的生活烟尘。风，无处不在，它就像一只硕大的眼睛，盯着你的头发、脸、衣服和行走的双脚。即便我们费尽一生的时间去破解，也不会留下任何答案和痕迹。

最近，我总是在梦境里看见风吹过我的故乡西坡洼时留下的凌乱：树梢落地。瓦片翻飞。炊烟倾斜。庄稼匍匐。三两户人家，大门紧闭。那个患有哮喘的老人，停止了咳嗽……我似乎也能听见我幼年时的哭声，被风吹到很远的地方。也不知道很远地方的那个人听见我的哭声，是否害怕，是否怜悯，是否沿着哭声的方向来寻找哭声的原点？

风总是那么年轻、单调，又充满活力。不老，也不死，长命千万年。没有人见过年轻的风和年老的风是什么样子，昨天和今天又是什么样子。反正它总是不停地跑，没日没夜地跑，也不知道累。偶尔有个病，停下来，在大地上抓几把草，搁于河水，煎熬那么一半天，服下之后，也不知道是否痊愈，又开始跑。

我有时间也跟风，傻子一般追着风跑。把自己从一个不会走路的孩子跑到华发一片，当然，最后还是要跑到大地中央的。

那时候，不知道风会不会反过头来追我？

头发像落叶一样

我走着，走得很慢，在这座依旧陌生的小城里。我不是要看什么风景，而是在寻找适合我理发的场所，就是人们通常所谓的发廊。发廊里靠手艺吃饭的那些人，曾经有一个很响亮的名字——剃头匠。现在是不是还这样被叫着，我几乎很少听见了。现在，发廊这个词似乎在褒义和贬义之间寻找着一种突破，至于能不能突破，突破到什么程度，这是社会学和伦理学涉及的范畴，我不想细究，我只是一个普通的要理发的人。

街面上，倒是有几家环境很不错的发廊。掀开几家门帘的时候，看见的几乎是清一色的黄头发、红头发的男孩和女孩。也许我是一个不合时宜的人，我怕看见这样的男孩、女孩。我一直以为染了发的孩子与某种组织有关，好端端的黑头发怎就变成黄色、橙色、黑红色、麦子色，甚至白色呢？看见发廊里有这样色彩的人，不等他们说话，我就会转身离去。我知道自己的这种举动会招来这些色彩斑斓的人好奇、白眼，或者悄悄地辱骂。

从南街找到北街，又从北街找到南街。没有，没有一家适宜于我，或者说是我要寻找的发廊。我寻找的理发人应该是一个上了年岁的人，至少和我年龄差不多的人，当然不管是男人还是女人。

无奈，只好站在一棵树下，东张西望。两手插在裤兜里，没有任何目标地东张西望。此时，风卷着落叶在街面上奔跑。我知道这些落叶和此时的我一样，没有任何目的和去处。也有一片树叶落在了我的头上，顺手捏在手里，叶片红里泛黄，脉络清晰可见。这片失去了水分的树叶，柔软在我的掌心。一个春天又一个夏天，叶片上那些饱满的水分亮丽了叶片的一生，最后终极于一个隐秘得任何人无法看见的地方。这是秋天里最后一场风了，风在急着赶路，叶子也急着赶路，明天就要立冬了，叶子是不愿意自己的身体被冬天的风吹，因为冬天的风刺骨。

我继续走着，走得很慢。在秋风里，我的头发被风肆意地吹着。

落叶依然被我攥在手里，不断地打量。落叶，一个经久的名词，在很多人的笔下变换着不同的色彩与意境，又表述着不同的爱恋与思考。“无边落木萧萧下，不尽长江滚滚来”，这是杜甫关于落叶，关于秋天的气度，一种恢宏磅礴的气度；《黄叶在秋风中飘落》，这是路遥的一种凄婉，一种无奈的诉说，一种经历后的感叹。而我，是在不经意之间碰上了这种天气，这片落叶。秋天。落叶。与我又是怎样的一种况味？我没有心思去思索这个沉重的话题，千百年来有多少人都无法说清楚的话题。我的目标是寻找一处理发的地方。

发现这个发廊时，我不是通常人们所说的眼前一亮、欣喜若狂、柳暗花明等等词汇，这些词语用在一个寻找理发场所上实在有些被糟蹋。

“理发”两个红色的大字被悬挂在白色的门帘上，那样简单、素净、质朴。我掀开它的时候，就看见那个四十开外的男人坐在转椅上，微闭着眼睛，随着转椅一圈一圈地转动着，一副悠然的样子。我原本是不想打扰他的悠然，悄悄离去。然而他还是听见了我的脚步声。

理发？

理发。

依然是那些惯常的动作：洗，擦，围上围裙，坐在椅子上，面对一块大镜子。镜子里的这个男人，他的动作娴熟、干练、麻利。他也不问我留多长，留什么样的发型，固执地按照自己的经验修剪着我的头发。

他不说话，我自然也就不好意思和他攀谈，只有嚓嚓嚓的剪刀声音和电推子发出嗡嗡嗡的声音。头发一缕一缕从他的指间落在地面上，头发就像此时那些在街面上乱飞的树叶，没有声响，没有去处，被往来的人踩踏于脚下。树叶最终被焚烧，被大地上的土壤腐殖，而我的头发呢？在离开我的头时，肯定有一种疼痛。这种疼痛只有头发自己明了，树叶也一样。任何一种物体在离开母体时，都会疼痛，但离开以后呢？漂泊。流浪。闯荡。寻找安逸的居所。其间没有谁能说清楚他（它）们付出的艰辛、酸楚、孤寂，如同现在的我，离开母土，四处漂流。

大约二十分钟，我的头在这个男人的手中变换了模样，这模样我基本满意。当然了，已经到“前秃明亮”的年龄了，就没有什么资本要求人家的手艺，只要整齐就行。

从钱夹里取出十块钱。他在接钱的时候，我才发现他的左手明显比右手小，并且不停地颤抖。就想，这样的一个人，怎么就练就了这样一个熟练的手艺，理发的时候他的手怎么就不颤抖呢？不敢多想，人总是要谋生的。

找了零，我看见他拿起一把笤帚开始扫落在地上的头发，然后又用一把很小的铁锨小心地把头发端了出来。就在他掀开门帘的那一瞬间，一股风将头发吹向天空。此时，我看见我的头发和一些树叶混杂于一起，自由缓慢地飘向我看不见的地方去了。

菊花开时

我说的菊花是生长在西海固原野上的野菊花。秋天的时候，粉白、粉蓝的花儿，一朵、两朵或一大片，随处可见。

我说过菊花开时我再来，这句话我是说给自己的，而不是说给天堂里的你。我和自己的心灵失约了，菊花两度开了又凋谢，我并没有去看你，我食言了。赵满伟——我的兄弟一般的同学，请你谅解。

这几天，雷雨三番五次地光临我们奔跑过的山峦。雷雨过后，我会站在三楼的窗户前，看这些莽莽苍苍的山峦，它们蜿蜒着、匍匐着、沉默着一路远去。我的目光也沿着山峦温柔的曲线一路远去，企图看见沉睡在山峦中的你。然而山峦无穷的远，我的目光又是那样的有限。

昨天夜里，雷声与雨声把我从睡梦中赶了起来。翻看以前的照片，有那么一张，是二十年前我们八个人的合影。你依旧站在我的身后，黑发浓密，灰色的上衣，旧，但很干净，目光谈不上深邃，因为那时深邃似乎和我们不搭界。二十年前，正值青春年少，理想与梦想高过天庭鹰的翅膀，豪言和壮语变成诗歌的节奏深藏在密密的内心。事实上，我们的理想就是将父母手中那本土黄色的户口本通过高考兑换成红色的封皮，兑换成“商品粮”和“城里人”。户口在我们的手里变成了红色之后，在这个颜色里我们再度出发。这一次，你没有走更长的路，你的名字就从那个红色的户口本里永远地消失了，消失在雨水滂沱的夜里，消失在菊花盛开的季节。

当时，我没有相信这个黑暗的消息。因为十多天以前，你的声音和我的声音通过电波碰撞在六盘山下。那时，我在南宁回固原的火车上，熟悉的乡景把旅途中的疲惫与劳顿远远地扔在了列车之后，扔在列车之后的还有甲天下的桂林山水、北海银滩、夜色中的黄鹤楼、中原大地上的阳光……异乡的山水的确让人着迷，但她无法包容我的孤独和忧伤。给你打电话，我说：我在南宁回固原的火车上，我给你带了用竹筒装的桂花酒，过两天，你来我家，我们一同品尝。你总是用你自己幽默的话说：你一个下岗职工在全国各地游荡，这是对我们国家公务员的极大挑战，对一个将要被提拔为副科级干部的挑战……火车进入隧道，电话没有了信号。这是我们最后的通话，通话带着诙谐和调侃，已司空见惯了。

然而，那一天你来了，来到我们曾经“放荡”过的小城，但你并没有和我相约，也没有与我一同喝下那筒桂花酒。我至今也不清楚，那一天你在这座小城里干了什么？你为什么又在雨夜里急匆匆地驱车回家？车祸就在那个时间发生了。在这里我不想描述惨烈的现场，描述对你是不敬，对我更是痛苦。

是绵绵的秋雨。我在那样一个阴冷的早上缓慢地走向你，走向你的遗容。这一次你的目光冷峻、深邃、长久地盯着我。能说些什么？化一张纸钱、上三炷香、奠一杯浊酒、流两行清泪。这样的一种见面方式，任何一个人都是不愿意的，没有办法的事情。人如同一条河流，在大地上流浪，归宿便是大海。

葬仪的过程在悲痛的哭声中进行。我原本是要为你扶灵，在你的坟头为你添上一抔黄土的。然而，我没有去，我害怕那样的场面，那样的场面会让我撕心裂肺，会让我疼痛至极的。回避、躲藏、遁逃，我只能这样选择。站在秋雨洗刷过的街口，看见送葬的人群渐渐远去，看见属于我们最后的时间之门被悄悄关上。那一刻，我对自己说，菊花开了我再来，来看你。去年菊花开的时候是你的周年忌日，我在新疆大地上马不停蹄地奔波，无处不在的忧伤充斥着我的血液。但我并没有忘却自己的承诺，只好采一朵盛开的棉朵，面向家的方向，虔诚地敬献于你，但愿西域的棉花能温暖天堂里你冰冷的身躯。

又逢菊花开，又逢你的忌日。我是手捧一束野菊前去看你，还是在心里默念？矛盾之中，面向你的方向我问自己，又面向你的方向问你。窗外是淅淅沥沥的秋雨，冰冷的雨水里，夹杂着一个男人绵长的哭诉。

沿湖走

秋结束。绿色远遁。蒹葭苍黄在水的周围。氤氲渐次趋于安宁，只留下一片乌青，冬阳下镜子一般，反射着高远而幽蓝的天。

我从湖沿边上经过，每一个周末或晚饭之后，已成为一种惯常。阅读黄昏、傍晚、夜色，抑或周围行走的人们，远比阅读一些碎片的文字意义深远。我把自己的目光交给这一片湖水，湖水的一波一动，犹如眼睑的一张一弛，每一次闪动，都会有一个不同的成像被记忆存留。当然，记忆不会永久，用来翻检的自然是有过蚀骨一般的。

我不是要找寻什么，只是生活意义上的徒步，并非为延长生命而行走。譬如，爱尔兰人 W.B. 叶芝，总是在凯尔特的薄暮里行走，以一个青年的目光巡视，选择寓言载体与神灵对话，对话能够流传至今，足以见证他行走时的思考；E.B. 怀特以一个父亲的身份重回缅湖，点点滴滴，使记忆由三十年前启程；当然沿湖而走的还有著名的亨利·梭罗……他们的日常行走，却留下了况味和思考——人类高度的思考。而我的行走，只是一个普通人的缓步，仅仅是看看这些物象，在四季更替里的变化。

路被重新翻起。河沙、石条、水泥、电锯……混合成的工业声音，从清晨响彻到黄昏，随着落日，一同消匿。我把双脚交给这些凹凸不平，在垂柳下蜿蜒。没有了叶片，垂柳的线条完全暴露。粗与细，上升与下垂，挺立与摇摆……每一个细微的抖动，使黄昏的秩序紊乱在水面之上。

滋生在湖边的野草，枯黄中相互攀爬，相互缠绕，似乎与衰败的迹象做着顽强挣扎。这草，就像我刚刚经过时看见的一对老人，坐在木质长凳上，一言不语，两双眼睛直直地盯着湖心岛上的那座小山。小山上，已是一片荒芜，唯有一棵白蜡树，突兀在那里。我总担心，有一天夜里，一场朔风，那树杈间的喜鹊窝会被吹落，湖面上会漂浮诸多残枝败叶。一场降温，湖水不动。洁净的冰面，黑色点点，阻隔了视线。

一群人，一群年龄不等的人，在湖边垂钓。我知道他们是附近的农民。土地被交换成高楼，农具失去了价值，时间变成了休闲——一生未曾有过的休闲。这样的日子，能持续多久？我不是在问自己，是问此时没有了庄稼的土地。土地自然是听不见的，土地已经被高楼霸占，失去了主人和种子；春种和秋收，失去了耳朵和眼睛……我经过他们时，忽然就想起了一个词——坐吃山空。

沿湖走，一寸一寸地，我看见了这塔。新建的，青灰色，11 层，是否空心，我没有留意。最初我是想绕过一条颓废的河沟，亲临塔下，抚摸色彩和温度；体悟一些气息，神秘的气息，或者建造者残留下的人的气息。我没有去，不是因为时间，我怕我的肉身玷污了塔的干净。但我还是多看了几眼不知为何而建的塔。镇妖？祈福？不去探究。我是一个散步者，看一眼，仅因为它高高矗立，和青灰色的肃穆。掠过塔身，乌鸦盘旋，暮霭缭绕，看不见炊烟，尘埃里，都是徐缓的身影。

与这座寺庙还是不期而遇了。其实，每一次经过，我总有意避开门口这个卖香火和纸钱的女人。我不愿意看见她站在阳光、风、夜色和灯光下的影子。在我经过的每一次，没有看见香客与她讨价还价，泥塑一般站在那里，身后是紧闭或半开的庙门。她虔诚于神灵，还是执着商业烟尘，于我意义不大。我不是香客，也非信徒，自然是不会走进这座庙，也不知道香案上供奉着什么样的大神。神仙道士，魑魅魍魉，信物图腾……被膜拜，被祭祀，被传说……以不同的方式存在，自然有其存在的秘密。

绕湖一圈，约莫需要一小时。有时，我会走完；有时，我会半道折返。折返，是因为有灯火初上。我不愿意将自己的身体撇在寒冷里，与夜色争夺温暖。站在岸边，看灯火，灯火无语。伸向城市的灯火，从高速路上发出，倒映于湖面，天幕之下，私占了半湖微澜。

我终于没能逃脱这光晕的迷惑。像个孩子，踟蹰在昏暗跌宕的光照里。黄昏时看见的蒹葭、蓬蒿、芨芨草、骆驼刺等等，和我一样，静默在湖水边沿。它们静默，完全是自然赋予，而我，只是企图享受人造的景致。刚才，那些钓者，喜笑颜开的钓者已经离开。潜身水底的鱼，开始活跃。偶尔露出水面，借着一闪而过的灯光，我们相互审视。鱼溜走，一些人的身影，在我的面前反复。其中有经常和我喝酒的张中平，穿土灰色工装的李军，开红色汽车出出进进的侯兆林，还有一些面孔熟悉却叫不上名字的人，他们与我共同生活在这个小区。我相信他们也曾来过这里，也有过沿湖而走的经历。

只是每一个人的经历，如同我眼前的这些草芥，各有各的生长方向。

灯光不眠，守夜人眼睛一般，盯着日渐瘦寒的湖水。过不了多少时日，它会结冰。坚硬、晶莹、光亮……以不同的厚度、色度和亮度承载过往人的目光。我知道，我还会来，经常来，看这从朋友一样熟悉的蒹葭，在寒冷里是怎样相互温暖对方。

行走大地

尽管阳光浓烈，浓烈的阳光泼洒在这些细密的黄土上面，

氤氲如水，温顺波动。

驻足西域

2008年，时逢宁夏回族自治区成立五十周年。是年八月，受固原市社保局之委托，前去新疆采访生活在那里的西海固移民。十五天，马不停蹄地奔跑，美丽的新疆在我的眼中是睿智，是豁达，是激情，更是包容。

不到新疆不知国土面积之辽阔，民族语言之繁复，粮棉之丰厚，瓜果之香甜。蓝天白云色彩高远，雪山草地层次明晰，戈壁与绿洲相互掩隐，油井与煤田互说冗长。哈萨克族人的风干牛肉让你赞不绝口，维吾尔族姑娘的歌声带你走进远古，喀什噶尔的胡杨将精神的图腾直插天域，塔克拉玛干的荒漠让荒凉更加荒凉。掬一抔天山天池的圣水洗涤被尘世玷污的灵魂，喝一口坎儿井里流淌的雪水冰凉你被塔吉克美女灼伤的眼睛……

我们新疆好地方，天山南北好牧场。

交河故城

我投向交河故城的目光，不是生硬，是柔软。尽管阳光浓烈，浓烈的阳光泼洒在这些细密的黄土上面，氤氲如水，温顺波动。

身临其境之前，我在《中国国家地理》上见到过这座故城的照片。照片是表象的，是局部的；也曾在很多诗人、作家描述的字里行间里阅读过故城昔日的辉煌和现在留于地表之上的秘密。诗人在歌唱，作家在凭吊。这是一座反复出现在摄影家镜头里的城池，在白天，在夜晚，在春夏秋冬的任何季节，每一秒钟留给镜头的都是变化与变幻。

此刻，它正看着我渐行渐近的身影，在我的目光里它的轮廓也越来越明晰。

满目都是被风剥蚀后的黄土建筑，它们以一种集体的力量向四周扩散，一直延伸到两条河交汇的地方。如果没有这两条河，也许就不会有它的存在。择水而居，人类最原始的选择。两条河流以外，是广袤的戈壁，在阳光下泛着白色的光芒。阔大的光芒，骄傲的光芒，骄傲得使人产生更多的嫉妒。区别于两条河以外的地质结构，这块黄土以浑厚的姿态高高地矗立于河岸之上，被河水润泽，让戈壁羡慕。是的，羡慕的不仅仅是不会说话的戈壁，还有会说话的人。很巧，从我身边经过的一对老外大声高呼："It's very beautiful！"我想，任何一个人目光投于此处，他的心灵都会被这座废墟震撼。

"废墟"？这样称呼似乎不妥。交河故城，故从何来？最崇敬最标准的称谓应该是两千多年前车师国的国都。这条贯穿南北的大道我们能想象出当年的繁华与威严。大道的两侧是极其华丽宏伟的建筑，黄土的影子被牢牢地包裹着。车师国里所有的财富堆积于此，国王想怎么设计就怎么设计，想怎么奢侈就怎么奢侈。然而，国王倾尽毕生精力构筑的圣殿并没有被他的子孙一代代传承下去，在历史的铅华中，又回归于朴实无华的黄土。

成群结队的骆驼在我左边或右边的河流里饮足了水，重叠着来时的脚印，缓缓地走向有草的地方。它们从来不在这座废弃的城堡内歇脚，更不要说寻找草料，因为这里已经寸草不生了。它们的先祖肯定来过，看到过守门卫士的威武，街巷的繁华；听到过商贩的吆喝，更夫的梆声；在胡杨下纳凉，在城根下取暖……它们走得很慢，但最终还是甩开了不属于它们的繁华与喧嚣，因为，它们不属于这座城堡。它们存在的意义是一生地行走，但它们的价值一点也不比站着的城堡卑微。

曾经附着于黄土之上的那些琉璃翡翠、雕梁画栋哪里去了？也许就在我脚下。想想，我的脚下踩踏着一个王国的权势和财富，踩踏着贵族与舞女的灵魂。这，一定严重侵犯了车师国王的法律。没有办法，物是当年物，人非当年人。这些非当年的人每天络绎不绝地来此造访，惊讶。好奇。呐喊。缄默。绘画。拍照。直到日暮时分，鸟飞去，人散尽，悬浮的尘土重新落下。这些生于斯的黄土继续镇守一个王国藏于大地深处的秘密。

两千年的一座城池，无疑是令人神往的。其间一定隐藏着诸多想象不到的秘密，而这些秘密很少被历史的书页记录，因为它的历史太久远了，因为它被历史遗忘得也太久远了，我们只能在这些细碎的黄土中阅读猜测它的过去。假如你的目光能够穿过这些黄土的厚度，很可能和一个商人相遇。赶着骆驼的商人，褡裢里满是来自中原的丝绸，西域的珠宝，他急匆匆地从你的身边经过，留给你的是充满提防的目光，商人的目光。继续在故城的街巷里穿梭，我们还可以阅读和聆听到交河故城走向衰落时的呻吟。伟大的成吉思汗以及他的后裔们走出窄小的蒙古包，站在坦荡如砥的蒙古高原四下张望，他们的战马就闻到了来自西域盛开的紫花苜蓿的馨香。伴着马鞭的呼啸，蒙古人的马蹄停在了安详、宁静、富庶的交河城下。关于这场战争，没有只言片语的记载。战争是怎样的惨烈，是怎样的残酷，想象和描写已经没有了任何意义。一个国家一夜之间销声匿迹，一座都城一夜之间焦土一片。国破山河在。国破时车师人难道没有厮杀、呐喊和抗争，真的就埋在了这片不能言语的黄土下了？

一个消失了的国家，留给我的只有这片残垣断壁。

没有了秘密可言，在历史的夹缝中苟延残喘的交河如今只是一条被时间流水冲刷过的干涸河床。河床中只有四季变化的温度，属于人的温度与适度早已荡然无存。即便这样，胡杨与野草还是顽强地生长着。日复一日，年复一年。被人类丢弃的王国的秘密只能与它们为伍。即便有人想要重新捡起来，也只能在黄土的黑暗里去寻求。

我站在被缩小了的交河故城的地图前，顺着导游纤细手指指出的方向看：故城四面临崖，在东、西、南三侧的悬崖峭壁上开有三个城门。一条大道贯穿南北，把城区分为东西两部分。东区南部为大型居民区，北部为小型居民区、作坊和市场；中部为官署区；西区多为寺庙和坟冢。城中大道两旁皆是高厚的街墙，但临街不设门窗。到了汉武帝时期，车师国被汉王控制。汉代的屯田中心迁至交河，交河成为西域最高首脑机关——戊己校尉府。汉唐以来，交河的经济得到了空前的发展，佛教也随之传入交河。13 世纪，蒙古贵族西征，攻破交河，屠城之后，一把大火。同时蒙古统治者还强迫当地居民放弃传统的佛教改信伊斯兰教。在战争和宗教的双重打压下，交河终于走完了它的历史使命。我相信这是历史事实，不是导游信口雌黄。战争就是战争，它的意义就是抢劫、掠夺、镇压和屠戮。车师人也好，蒙古人也罢，一座繁华了两千多年的城市轰然倒塌。历史在这里被拦腰截断，文化停止了传承。

自蒙古人以来的八百年过去了。它一直就这样裸露着自己并不完美的体肤，被来来去去的人欣赏，一点也不设防，不忌讳。然而，八百年里，又有谁把它当作了镜子？我们认真地聆听，仔细地阅读，深刻地研究，所有投向交河故城的目光，目光有多深，意义又有多远？

石河子

这是一座多草、多花、多树的城市。

我走近她的时候，草，有节奏地生长；花，五颜六色地绽放；树，疯狂地抒发着自己的情感。花、草、树之间的缝隙里，干净无比，阳光也干净无比。蓝色十分均匀地分布在城市上空。没有一丝风，淡淡的云翳像哈萨克族女人挤出的牛奶。

坐在广场一尘不染的长凳上，我摘下遮挡目光的镜片。一只细长柔软的树枝划过我的脸颊，让我有种酥痒感。和树枝同时光临的还有树枝上的果子。果子不大，向着阳光的一面红得发亮。它们是城市最美季节的守护者和见证者。多亏这些红得发亮的果子，让我认识到一个城市的亮度。偶尔也有落在树下的果子，它们安静地躺着，聆听着大地深处的声音，人的声音，整个城市的声音。不急不躁，那样自由散漫，直到自己的身体腐烂于其中。然而，这个城市里每天发生的事情，树再也熟悉不过了。开花的春天，挂果的夏天，成熟的秋天，蕴藏的冬天。阔大的绿地和茂密的杨树使得它的秋天分外妖娆。几只蝴蝶在草丛间轻盈缓慢地飞舞，有那么好看的一只竟然落在了我的鞋面上。

这是一座被诗歌种活的城市。

他没有被这座城市遗忘。用他的名字命名的诗歌馆很大，很高。我知道这是一个令人敬畏的高度，令中国诗人仰慕的高度。他的雕塑安放在这里，缕缕诗魂依然在他的头顶萦绕。而他的眼睛满含柔情，注视着过往的每一个人。“为什么我的眼里常含泪水？因为我对这土地爱得深沉……”是的，我深信在祖国广袤的疆域上，诗人对脚下的这片土地爱得更为深沉。在这里，他有过近十六个春秋的生活，而且是在人生最为低谷的时候。诗人叫艾青。

为诗人建馆，为诗人塑像，这是一座有气魄、有高度的城市。

在石河子的地域上，我几次企图寻觅当年艾青先生居住的地方、劳作的地方，不为别的，只为感受一下遗留在那里的空气和空气中弥散的诗歌的气息。但我知道，诗人生活在这里，以求生存为主，很少有诗作。诗，肯定是有的，只是深藏于诗人痛苦的内心，深藏于落日走向黑夜，黑夜走向黎明的夹缝里。

我曾在中国诗人网上见到过诗人和他的爱人高瑛在石河子时的一张黑白照片。照片上的诗人很消瘦，爱人跟在他的身后，两人的表情比较松弛，很坦然，看不出生活压在他们身上的苦闷和荫翳。这是两张写满干净的脸，或者说经过诸多风云变幻之后一对生死相依的恋人的脸。纯真、纯洁、透彻，无一丝隐瞒，如金秋时间新疆大地上绽放的棉花的色彩——生命中不可替代的色彩。

在这个阳光好得无可挑剔的下午，我与诗人的雕塑站在一起，空落的内心终于有了一次慰藉，心灵被温暖而无边的诗歌的语言包裹。

这是一座能留住时间的城市。

石河子是一座多雕塑、多博物馆的城市。

周恩来雕塑、王震雕塑、艾青雕塑、军垦第一犁雕塑。

周恩来纪念馆、艾青诗歌馆、新疆军垦博物馆。

周恩来纪念馆与周恩来纪念碑相隔不远。脚步总是勤快的共和国总理来石河子视察，看到大漠戈壁上茁壮成长的城市，被兵团人肯于奉献的精神深深震撼，为兵团人题词，鼓劲。纪念碑高 7.8 米，象征周恩来享年 78 岁，碑文高 6.7 米，象征他来石河子时 67 岁。遒劲的字迹，充满心意的数字，将石河子人的智慧与情感诠释得淋漓尽致。

阳光洒在第一犁上，我看见扶犁者在这里彰显现出强大的生命价值。

据说此雕塑为新疆著名雕塑。我漫步广场，阳光仍然浓烈，鸽子在飞，鲜花在开，那个扶犁的人用他的双手犁开了深埋于岁月深处的沧桑与蛮荒，一浪浪翻滚的土地迎合着拓荒者的汗水，汗水无语，土地狂欢。

军垦博物馆收藏的多为屯垦戍边的历史文物。这些文物，与中原出土的青铜、青花、玉器在时间上不可同日而语，但它们件件记录着昔日荒原大漠被开垦为农庄的景象：可看见劳作者来自肉体流淌出的汗水；可显示不屈的精神与坚毅的力量……屯垦成边，始于汉代。军垦者，军之开垦。放下武器的战士，扑向土地，如一块磁石，耕植的欲望让荒漠一点一点变绿。

博物馆，记录着城市的过去，同时也是对城市前行的另一种祝愿。有根就有枝条，有枝条自然就有绿叶，根壮则叶茂，养分便是人和时间。

广场上的人越来越少，阳光透过斑驳的树梢，落在我的身后，身后回响着诗人艾青的声音："我到过许多地方，数这个城市最年轻，它是这样漂亮，令人一见倾心，不是瀚海蜃楼，不是蓬莱仙境，它的一草一木，都由血汗凝成。"

再见，被精神养大的石河子——大西域这座年轻的城。

天山天池

我在用心凝望着这片久负盛名的水域。

高远的蓝天一不小心将自己身体的一部分碎在了这里，碎成了荡涤心灵的圣水，碎成了用蓝宝石镶嵌在群山怀抱中的一面大镜子，镜子无语。每一个慕名而来的人，看见镜子的同时也看见了自己的罪过与良心。罪过。良心。是两个唯心的词，两个看似简单而内涵丰富的大词，它们之间紧紧隔着一滴水的距离。上善若水——老子在他的《道德经》里解释得更为透彻。

坐在天池边的一块石头上，我用手遮住来自雪峰之外的阳光。皑皑白雪在冰冷与寂静中俯瞰着天池的波光；巍峨、睿智、沉默、冷峻，又至高无上地统驭着这里的一切。雪山之上的天空被排挤到更高的天宇，只好散漫着游弋着漠不关心地向这里张望，一百年，一千年，一万年持之以恒。

雪线以下，被无可争议的茂密挺拔的松树霸占着。它们是天池一年四季的守望者。在这个白色弥漫的秋天，多亏了这些绿色濡染的松树，它们让我领略了生命的高度。偶尔会有一只鹰在它们的头顶盘旋，飞翔的节奏那样缓慢，是在欣赏天池秋日的图景，是在聆听天籁，还是在寻找属于它的目标？我无法想象和描述。

与松树为邻的，是针叶与阔叶混杂的小块平畴。透过树的缝隙，哈萨克族人白色的毡房和缥缈的炊烟若隐若现。几匹马啃着树下的青草，不时甩动的尾巴让行走在它周围的羊一惊一乍。羊的叫声惊扰了正在喝奶茶的主人，主人走出毡房，绕着毡房转上一圈，很快又钻了进去，继续他的“茶文化”。

执着不去的还有阳光。在我旅途经过的有限的地方，不会有哪一处能与天池的阳光相提并论了。它高悬在空洞的天域，无遮无掩，让你无法看清它。来自雪山之上雪的光芒与太阳的光芒相互叠加，炫目的光芒令人屏住呼吸。太阳没有自己的语言，也没有自己的文字，可是它创造了无数让我们表达的欲望。这时候，文字的描述是苍白的，镜头只是一个瞬间，画笔只能写意，来自细节的美丽只有你身临其境才能捕捉到。

天池就被这样的大美环抱着。这个时候，她在我的眼里显得很小，像一个婴儿，熟睡在母体的怀里，身体裸露，肌肤光洁，让人一览无余。我蹲了下来，试图洗一下我的手。在我的手和目光触到水面的那一刻，心灵被一种寒冷掠过，旋即将手收回。这样的一池澄澈，我的手会玷污她的灵魂，弄脏她的衣襟。将目光沿着水面闲缓地收回，收拢蓝天、白云、雪峰、森林与这碧水浑然一体构成的瑰丽画面。岸的那一边，一对老人静静地坐在石头上，享受着阳光与水的柔和，神情被这净水映得愈显精神了。刻有“圣水祭坛”的那块石头旁，男男女女排着队在拍照，秩序倒也井然，没有喧嚣，也不争抢。眼睛里的光芒与水的光芒融在了一处。

坐在岸上看风景的还有西王母。这位传说中的王母曾来此地沐浴，洗去了一身的污垢与疲惫之后，再也没有离开这里。属于她的庙宇高高在上，她的塑身落落大方，面容温和而目光静伫于水面之上，厮守一池撒满了阳光的秋水。四时之景在变，不变的是她的目光。坦诚地说，我的双脚丈量过的山水不少，有人的足迹就有佛与道的影子，看来美丽的山水佛也热爱！

我打算是要等到太阳落山时看看晚霞中的雪山、松涛和天池的，然而在这里原本属于我的时间被旅行社的导游分配了。没有办法的事情，已经习惯了身不由己。千里之外朝思暮想，不为别的，只为抵达雪莲开放的高度；千里迢迢一路西来，不为膜拜，只为目睹传说中的芳容。留一点遗憾，便多一份记忆。感谢你，温暖而干净的天山天池，虽然只是浮光掠影，在我内心，却是巨大的充实和安慰。

从凤凰出发

1

雨是早上下起来的。虽是秋天，江南的雨丝里依然携带着温暖，而这雨偏偏在我从怀化去凤凰的早上开始下的，使得原本有些激动和浮躁的心里有了些许安静。

滴滴答答的雨把我从怀化的宾馆里唤醒。这之前，从未经历过江南的雨，只是从书本上读到过一些关于它的描写。推开窗，飘来的雨丝与北方的雨并无多大区别，于是躺在床上开始幻化湘西的山水，幻化凤凰的景致，从脑海里一丝一丝地抽出有关沈从文的记忆。“水边的抒情诗人”，这是汪曾祺先生对他的老师沈从文一生的概括。我是因为《边城》,因为《边城》里翠翠姑娘灿烂的笑颜认识沈从文的，也因沈从文认识了湘西、认识了凤凰。

是的，也许我还未真正地走近湘西，走近凤凰的山水，走近沈先生一生所描述的长河里。读沈先生总带着几分伤感的情怀，也许沈先生笔尖流淌的那份对故土的爱太深的缘由吧，我不会甘心在他的描述中。那么，我该怎样亲近他，亲近他博大的情怀呢?

好多次拿起笔记录凤凰的时候，会感觉到沉重和自己的渺小。

沈先生清瘦温和的面容就会从湘西那片神奇的土地上走来，使我怯于落笔有关他的文字。凤凰之于沈从文就如同张继之于寒山寺一样，是凤凰孕育了沈从文这样一位伟大的作家；又是沈从文这样一位伟大的作家将湘西、将凤凰声名远播。如沈先生所言："说句公道话，我实在是比某些时下所谓的作家高一筹的。我的工作行将超越一切而上。我的作品会比这些人的作品更传得久，播得远。我没有方法拒绝。"事实上，沈先生的作品就是从他家乡的那条叫沱江的河流上开始传播的，传播到现在已经很久远了。我相信，这种传播还将延续，不是枯竭，不是终结。

2

雨中的凤凰是安静的，穿城而过的沱江也是安静的。沱江边上吊脚楼的影子被落在沱江之上的雨滴撕成许多的碎片，随着一圈一圈的波纹闪烁着、荡漾着，缓缓而去。凤凰城不是很大，褐红色的石板铺就的巷道，坚硬而潮湿。江两边的吊脚楼也是木头搭建的，木楼的角檐上悬挂的灯笼似在召唤着那些远行的凤凰人，为他们在黑夜里照亮回家的路。街巷里的大多建筑也是木质的，黑，故旧，且散发着树脂的气息。这些事实存在的建筑无不映衬着这座小城悠久的历史和在这里安逸生活的人们。就这样一个不大的深藏在雪峰山里的小城却孕育出了民国政府第一任内阁总理熊希龄、文学大师沈从文、著名画家黄永玉……

是很多人的脚步引领我走进沈先生故居的。与许多凤凰土家人的四合院没有什么两样，依然是故旧的木质的房子，依然摆放着沈先生生前的家具和用物。引起我注意的是用玻璃罩着的沈先生的手稿。蝇头小楷。纸质发黄。墨迹依旧。在沈先生的墨迹前，我站了很长时间，看着那些隽永清秀的字，久久不愿离去。看一眼，又看一眼，眼睛发酸，既而潮湿。

当我的左脚跨出沈先生童年里生活过的这座故旧的房子时，便想起了《从文自传》中的一段文字：“每天上学时，我照例手肘上挂了那个竹书篮，里面放十多本书。在家中虽不敢不穿鞋，可是一出门，即刻就把鞋脱下拿到手上，赤脚向学校走去。”这样看来，任何一个人对童年里的点点滴滴都是挥之不去的。我能承受沈先生在这座木楼里的历史，也能承受他在凤凰老街上游走的足迹。但我已经看不到百年前那个逃学少年的影子。逝者如斯。物是而人非。

3

凤凰的一切似乎存在着沈从文的影子，也因了沈从文，这座古朴典雅的小城才显出了她特有的风情。虽然有些事物在变迁，但我们依旧能触摸到她并不久远的历史。城墙是老了些，但并不故旧；吊脚楼被一茬一茬的主人们翻修，原貌未变；昔年的风雨桥已被水泥桥代替，但桥下流淌的还是一江清水；水声依旧，却洗去了边城旧有的匪气；江面上往来的船只运送的不再仅仅是江西的绸缎、云贵的木头、川人的盐巴；旧有的商贾们的后裔依然延续着贸易的烟火，传承着小城文化的脉络；苗人放蛊，湘人赶尸的神秘传说已变成了导游们的解说词；吊脚楼里伸出的笑脸还那样亲切，却不再是迎送往来的商贾和军人；窗台上的花朵和百年前一样绽放着，有谁知道花的呓语。

然而，在这里你依然能感觉到沈先生的存在，那就是沈先生的巨著。在风雨桥的街市上，我粗劣地做了统计，就沈先生及与沈先生有关的书多达十几个版本被他的乡人们叫卖着。《从文自传》《边城》《长河》《湘行散记》《湘西》《沈从文散文集》《中国服饰图录》《中国丝绸图案》《沈从文与湘西》《沈从文研究》等等。一个人的一生能给他的故乡留下如此之多的财富，又能使四面八方的客人追随他的影子而来，我想沈先生此生是坦然的。山水在变，但沈先生笔下淳朴的湘西民风依然未变。在北边的城楼上，有一些年龄不等身着苗服的妇女们在卖着银质的首饰。她们并不说话，也不追着客人去卖自己的首饰，而是更多地摆弄着自己的心爱之物。我知道这些女人深爱着自己手中的首饰，她们想象客人们也会和她们一样爱这些东西的。你即使不买她的首饰，要求和她们照相，她们会笑上一笑，很大方地站在你的左边或右边。照完了相，她们也不言语，继续摆弄她们的首饰。

我是一个不爱凑热闹的人。只好一个人在凤凰，在凤凰的老街上转悠。向一个上了年岁的老人打问沈先生的墓地，老人用并不标准的普通话说："从这里沿着沱江一直往前走，你自然就会看到。"我知道沈先生辞世后，他的骨灰一半撒在了他一生也没有写完的这条沱江里，一半埋在了沱江岸边的听涛山上。

4

去拜谒沈先生，我应该给他带些什么，湘西人自酿的甜酒？先生是不善饮酒的。苗人用来招待贵客的四方肉吗？恐怕先生是不会笑纳的。一束花？比如百合花、康乃馨、菊花、菖兰，这些花都是献给亡灵的，然而在我的心里，先生并未离去，他只是累了，暂时回到他阔别已久的故乡。其实，此时我最想手捧一株草，草的名字叫虎耳，就是《边城》里翠翠梦中采摘的那种草，沈先生喜欢的草，可惜我没有采到。我只好心怀虔诚，带着一身的潮湿前去祭拜我心中的先生。

听涛山下，树木葱葱；沱江两岸，烟雨蒙蒙。沈先生就睡在这极为寻常的地方。墓地没有我想象的那样宏伟，而是一小块狭长的平地，也没有我们想象中的坟冢。面对这样的一块墓地，是凤凰人舍不得土地吗？显然不是。这样才真正地体现了沈先生一生温和，做事并不张扬的性格，是很妥帖的。在埋有沈先生骨灰的小丘对面竖着一块巨大的五彩石，石头上面刻有沈先生的一句话："照我思索，能理解我；照我思索，可认识人。"巨石的背面是四姨妹张允和用晋人小楷撰写的一副对联："不折不从，亦慈亦让；星斗其文，赤子其人。"如果将尾联的四字连起来，正好是"从文让人"。这是嵌字格，非常贴切，把沈先生的一切概括得很全面。

在沈先生的墓前我站了很长时间，用手抚摸被雨水洗刷干净的那块五彩石，连同那些字迹，她们使我有了一丝莫名的伤感。这里有沈先生这么深的情感，这么多叹息，这么厚重的呼唤。也不知道先生的这种情绪曾打动了多少像我一样前来敬拜人。

鞠躬，缓缓转过身去。

此时，眼前的凤凰城模糊在了雨雾中，身后的听涛山也变得亦真亦幻，而沈先生清瘦的影子却明晰在我的眼底。

突然想起沈先生逝世后新华社消息的标题：《沈从文告别亲友和读者》。

突然想起《边城》里最后那句话：“这个人也许永不回来了，也许‘明天’回来。”

在滇东北

油菜花儿

没有任何缘由促使我离去，在滇北高地圣洁而灿烂的阳光里，我独自坐在一棵板栗树下,我被眼前这一片广阔的油菜花儿吸引着。

红土高原兀自开放着的金黄色的油菜花儿，在我的眼前鲜活着生命的芬芳，怎能留下一些遗憾而信步离去?

眼前是黄色花儿的故土，我坐在故土的高处，沿山势螺旋而上的盛开的花儿似乎在一点一点地逼近我，似乎将我的灵魂缠绕，或者在拼命地追赶。其实，我的肉体和灵魂此时被盛大而洁净的花儿紧紧地束缚在一起，又怎能轻易分离。

齐腰的油菜花儿此时开得正旺，遍地弥散着浓烈的清香。这清香好似从大地的心脏缓慢渗出，到了油菜的根部，在黑暗的土质里做了短暂的停留，给了诸多的根须一些养分，使这些养分又沿着油菜的脉络流泻到它的秆部、茎部、叶部，最后便长久地停留在了花蕊处，耐不住寂寞的花蕊又泉水一般将清香奔涌，并流泻给了大地、山脉、站于高处的草木、飘荡的白云，以及田间耕作的男女……

一个头戴草帽的女人从我的眼底出现，远远地宛如一朵移动的红色花团，点缀在黄色的景致中。她的身影在盛开的油菜地里，像轻盈飞舞的蜂蝶，飞来飞去。她虔诚地低着头，她的一双手快似一把剪刀，不停地剪着那些疯长的野草。她有时会直起身来，拿下戴在头上的乳白色的草帽，轻轻地左右扇着，也会撩起衣襟擦额头上的细汗。她的这些轻熟的动作使我想起画家米勒，想起米勒那幅以黄色为主色的经典油画《拾穗者》。他——这个伟大的 19 世纪的法国画家，又使我怀疑，作这幅画时，是否在一百年后的中国大地上完成的。

在田畴与田畴连接的地方，一箱一箱摆放整齐的蜂巢如一间一间苍老的民间屋宇。进进出出的蜜蜂，有群起群落的，有相互追逐的，也有独来独往的。我相信这些活在人间的无忧无虑的精灵们，现在是最为幸福的。或许在它们吐完最后一滴蜜汁的时候，会对它的子民们说：去吧，去看看滇北高地上的油菜花儿，那儿会让你明白什么叫花。它的博大与深沉、灿烂与芬芳能使你的生命辉煌达到极致。有一只蜜蜂，它在我面前飞了一个八字形的线路，复又远我而去。似乎友好地和我打了一个招呼，似又说：远方的客人，你见过如此让你激情澎湃的土地吗？是的，在我一生中也许这是唯一的一次。当然了这些欢快的蜜蜂，守着世间最美的花朵，过着世间最艰辛的日子，这是蜜蜂的宿命。

我就这样忘情地享受着眼前最美的季节所孕育出的最美的景色。看着田间来来往往的村民，一朵朵静静开放的油菜花儿，一只只从我眼前飞过的蜜蜂，而我就如同蜜蜂一般，只是这醉人土地上的一个过客。我自然是要离去的，而油菜花儿呢，又是谁的过客？是大地的吗？我不清楚。

在红土与河流，在蜜蜂与油菜花儿一样盛开的滇北高地，时间留给我的唯有一种灿烂，一种铭刻心季的灿烂。没有人会质疑土地的丰厚，正如没有人会质疑这片大海一样宽广的油菜花儿，长得如此诱人。这样的光华与景致会定格成一种永恒，一种大地上永远不败的图腾。

会泽老街

从新街到老街，中间要经过一条一百多米的青石小巷。朋友告诉我，最后一阶石板上雕有一对欲飞的龙凤，看见了，老街就到了。雨似乎小了些，石板铺就的巷子泛着青黝黝的光亮。再看看天，雨雾白茫茫地落在脸上。

这条连接古典与现代的巷子，我竟然走了一个多小时。是的，从现代走进古典，逆时而上，是需要时间的。

我不知道穿过这条青灰色的雨巷，它的另一端的另一条街究竟是什么样子？为什么孤意要将自己置身于它的中间？等我一步一步靠近它的时候，无论如何也想象不出它到底是什么样子。其实，这条街是什么时候出现的，传承了多少文明与文化，又承受过多少灾难，或者多少商贾穿行其间，对我来说不怎么至关重要。只是因为好奇，总想去看一看，给自己留下一些值得回忆的瞬间。许多城市在我的脑际中是昙花一现的过客，在我的回忆里已经定格为一个名字或者一个符号。比如我一直生活中的那个西北小城，十多年来，我闭上眼睛想象或者寻找它，寻找它极其诱人或值得铭刻的部分。然而，一次次睁开眼睛，昨天的城市已变得叫我不敢去认。我童年时期的那座城市——那质朴美好的一切，在不经意间就消失得不留一丝痕迹。当然了，一切都在变，现在那座城市已变得只有烟尘和呛人的汽油味了。

可是，我要见到的这条老街或许是不一样的，或许是人类在不断变迁的历程中被遗忘的部分，或许是唯一的一部分了。它至少不会给我带来嘈杂和喧嚣，哪怕是一天，一个下午。

踩在连接新老街口的最后一块石板上，我自然地回了一次头，看见自己将现代的文明和时间远远地甩在了身后。天空的雨滴落在脚下，一半落于现代，一半飘向古典。身后每一辆奔跑的的士如一大朵移动的花在现代的街面上寻找驻足的土壤；耸入天宇的两座对称的高楼在雨雾中洗刷着自己；我的左右有现代的音乐不时从阔绰的户内飘出，它们是否与我一样，也在寻找一处幽静的居所。

进入我在寻找的千年老街，一切都静悄悄的。这种静似乎是原始的，自然的，不加任何修饰和造作的，散发着古老质朴的气息，很像电影中见过的某个镜头。而电影是空幻的，眼前的一切却那样真实地存在着。这悠闲和清静与我刚才经过的杂噪在时间的跨度上不敢凭空想象。你说这些古旧的用石头砌的房子是废墟吗？它却牢固地挺立在风雨之中，又传送着一茬人的死亡和另一茬人降临的声音。你说它被岁月深处的时间剥蚀过吗？不假。但它却依旧飘着鲜活而清新的炊烟，像雾一般，有股来自民间的淡淡的温暖。我在街上遇到一位姓李的老人，彝族。他说自己刚刚喝过午茶，没事，就出来到寨子里转转。寨子，就是我们北方人说的村子。他管这街不称街而称寨子，是那样的随和亲切。我说自己是个外地人，也想在这“寨子”里转转，这里安静得让人有些害怕，不敢相信在它的另一侧是车水马龙的喧嚣闹市，而这一边悄静得如一幅“水墨画”。是啊，是不一样。已经习惯了，就觉得没有什么特别之处。你再听听，这个背着双手的步履轻缓的老人，说得多轻松！

这个老人他说已记不清这条街的历史了，听说政府要拆掉它，后来不知怎么就不拆了。我想细细打听这条街上的一些旧事和它的过去，可惜，没有充足的时间，只是走马观花而已。

我独自站在一家古旧的院落前，在那里站了良久。古老的房子斗拱飞檐，雕梁画栋，门上，窗上，都雕刻着传说中的图腾，或本民族信仰的神灵，图案清晰，繁复又美丽。在这初秋的细雨里，它显得年轻而又精神。

一个老人，坐在我对面的门槛上，抽着“水烟”。那烟袋是用胳膊粗的竹筒做的，上面好像涂着一层古铜色的锈，或者是被岁月的烟尘熏成了那个样子。我站在街的另一边已盯了她好半天了，她就那么一动不动地坐着。她的身体的一部分好像被谁镶嵌在门槛里，一辈子就那样坐着，等待着什么人一样。她的身上穿着乌黑乌黑的衣裳，襟上和袖口上绣满了欲飞不能的图画，头顶上戴着一个比她的头要大好多倍的帽子，帽子的边沿挂满了纯银的装饰，假如，有一股风吹来，一定会碰出一串好听的声音。她的眼前依旧是一条泛着青光的石板街巷，而她的眼睛眨也不眨一下地瞅着被人踩踏过的石板。我纳闷，这个老人的眼睛怎么也如这石板一样泛着青幽的光泽？

古老的街巷曾经是人们自然汇集的居所，在这些居所里产生过爱情、友情、温情，当然了，也有过苦难和灾难。不断流转的光华景致使这些上百年的故居现在变得有些疲惫和苍老。但我一直不停地思索：这些房子的主人以及住在这条街上的人们，是有意逃避喧嚣，还是固守和传承祖上的脉络？说不清楚。

离开会泽老街时，我买了几枚发锈的铜钱。我不是一个钱币的收藏者和鉴赏者。但我从这个县的县志上得知，这里有“世界钱王之乡”的美誉。一枚发锈的古钱潜藏着诸多说不出的历史。我看着古钱被我磨亮的部分，看着隽永的字迹，觉得自己又一次穿行于这古老质朴的青石街巷里，在一幢幢造型奇异的院落前驻足仰望。那些陈旧的房子，那些悠闲的老人，那些轻轻行走的脚步……在我的眼前幻化成珍藏于某个博物馆里的一幅传世佳作。

大海草山

在滇东北，兀自呈现着偌大的一片碧绿草地。为什么叫大海草山，的确不清楚。就连开出租车的云南当地人也说不清楚。我想大概是有大海一样宽广和浩渺吧。

初秋的阳光落在斑斓得有些迷人的草地上，一切都那样幽静，却不是那种怅茫和空洞的幽静，而是充盈着说不出的醉人的那种静。

我不认识这里的任何一个人，随便坐在一块长满青苔的石头上。我不是什么僧侣、道人、对什么都很讲究的人，喜欢散淡和随便。只要能容下两只脚，有引人的景致，或产生诸多想法的地方，都是我之所居，都是我的留恋之处。

此刻，我的头顶上是空泛的蓝格莹莹的天，不断变换着姿势和色彩的云，以及高高地裸露在草色之外的褐红色的石头。我坐在这里已经有很长一段时日了，游人不怎么多，他们不断变着姿势在照相，有一个小女孩很殷勤地跑到我面前，拍完照，又蝴蝶一般飞向远处。绿莹莹的草山充分发挥着自己的魅力，又尽情地表现着自己，在暖融融的阳光下。远处的村落或者寨子在我的视线内若隐若现，更多的部分似乎飘在云雾里。将视线拉近，一条河听不见水的声音，一闪一闪的波光仿佛千万块快碎了的玻璃，刺得人眼发酸发痒。而河那边的农夫们正神情专注地走在阡陌纵横的田畴间，光着脚丫，肩上的锄头与行走的脚步很和谐很默契地抽象在那一块一块线条明晰的轮廓上。

我有些恍惚，在这酒一样醇的草山上坐着。可我仿佛置身于人间以外的什么地方，那些修直的竹林，缤纷乱舞的群蝶，满山杂生的茶树，棵棵竖直的青草，光着屁股乱跑的小孩，摇曳于风中的烟叶……而眼前这片恬静的保持着大地最为原始气息的地方，是不是心灵深处久已定格的期盼？一时说不清楚。在中国北部的土地上我很少见到这样大静大美的地方。

草海之上的阳光逐渐西去，恍若傣家女子橙红色的裙摆，被一抹水红笼罩着，只留下一圈光晕。我看见一群头戴大草帽，背上的竹篓里背着粮食和孩子的妇女们，绕过弯弯的流水，攀爬在一条坡度极陡的山径上，然后又消失在我的视线以外。在我刚才经过的那条简易公路上，一辆满载着游客的中巴，悠长的喇叭声惊醒了卧在草地上的牛们、羊们。探头与窗外的客人不断地挥手，又不停地喊着什么。也许是激动、兴奋，或者是留恋这美不胜收的景致与光华。人，不管行走在哪里，在他离别的时候，总想给此地留下一点值得记忆的东西。而这里，既无能雕刻姓名的石头，也无将名字留在其上的参天古树，有的仅仅是流水和青草。那么留下的唯有声音和歌声了。汽车徐缓地从我的身边经过，留给我的只有一股轻淡的汽油味儿，以及音响里时断时续复又忽远忽近的云南民歌，好像是《远方的客人请你留下来》。

是的，我是远方的客人，我愿意长久地留下来，享受这寥廓而充盈的幽静。哦，已去的远方客人，请不要用你的声音撕碎这原始的浑一。

太阳完全落尽，暮霭轻柔地从草的根部、石头的缝隙、水的面额、树的梢尖升了起来。有雾慢慢地从我的眼前掠过，湿漉漉的，使我想起了唐人的句子："纵使晴明无雨色，入云深处亦沾衣。"该走的当走，该留的当留。走了的自然带着诸多欢愉和快活，将心界洗涤得如草色一般干净。留下的，是因为尚未饱尝自然之食，我继续寻找着能够填充肠胃的自然之食。

距寨子边缘的地方，有一两个水塘，水很清纯，静静地卧在暮色中。塘坝的边沿不太整齐地长着我叫不出名字的树木，不怎么高大，但很有气势，苍翠而挺拔。几只飞累了的鸟雀停留在树杈上不断地啁啾。树的主枝被蛇一样的藤状物缠绕着，像吸吮着树的精血。最惹我眼的是独独地长在水塘中央的一棵茶树，叶和枝很舒展地漂浮在水面上，像一只永不下沉的小船，又像被遗弃的孤岛，困守着时间的延续和季节的流转。

现在我又安静地坐在月光下的草地上。一轮无限剔透柔情若水的月亮，高悬于看不见天光的夜空。劳作了一天的人们沿着月光下的小径走出家门，或单独成影，或三五成群。着不同的服饰，又走向同一片草地。他们尽情地舞着，唱着。

我独坐于月光下的草地上，任这月光和草地对我抚摸和浸透。我的目光被那个吹葫芦丝的女孩所吸引，每一个从她指尖流淌出的音符都是那样清脆好听，纯情动人。那么自然，又使人忘却了置身于这美妙的月光下。那姑娘的眼睛盯着眼前的草地，而白净的手指在葫芦丝上上下移动，那般游刃有余。美妙的音符似乎要弥散进草的体内、石头的心脏、大地的中央，抑或感动了正在行走的月亮……

我呆滞不动。为这宁静的夜色，为这月光和音乐美丽了的土地以及眼前这个身段匀称的姑娘。

今夜无眠。我想头枕柔软的草地，披盖洁净的月光，在这大静大美的草地上睡上一宿。

宁静的草原

1

是八月的季节，草原上一种叫沙葱的草吐露着一朵一朵小小的粉白相间的花，那花在午后的阳光下犹如给草原涂上了一层薄薄的脂粉，也像一个少女细嫩的面颊用洗面奶洗过一般，水灵、干净、湿漉漉的。信手掐了其中的一朵，放进嘴里，一种辣味顿时便在口腔里弥漫，似要有眼泪溢出，于是满眼里都是迷迷蒙蒙，幸好有阳光存在，不然自己会迷失在草与草的缝隙里。这样的季节在草原上放牧心灵，人的心灵很容易由浮躁转为静凉，由喧嚣转为安宁，像挤出了某个山口，抵达了宽阔和广袤。

脚底下被踩踏的众草们软绵绵、滑溜溜的，总担心被脚下的草滑倒——一滑就滑向蒙古国那边去了。云的羽翳高高地飘在空阔的天域，明明看见草地上有云的影子飘着，却是活生生的珍珠一样乱跑的羊群。坐在草地上，抑或平展地躺在上面，闭上眼睛，很深地吸一口气，你就会体味到空气里漫散的草香直扑你的气管、你一收一缩的肺，然后慢慢地渗入你的肌肤甚至骨髓。你感到了温润与开阔，似乎你的整个身体被一块绿色的翡翠包裹着。坐在高处的草坡上，朝远处喊上一两声，或唱上一两句，你的声音如同马头琴里飘出的一样，悠长而舒缓地撒向更远的地方。

草原是绿色的神，站在他的脊梁上远眺，神的尊容坦坦荡荡，一尘不染。绿色在这里是种习以为常的色彩，见惯了的人们不会像我这样千百次地惊讶和感叹。草原被阳光和雨水柔软，我被草原柔软，一种喝过酒的醉与非醉之间的感觉，轻轻地，又被绿色击倒。

2

是达茂草原上那个小镇吧！从汽车里走出的人，都仰望着洁净的蓝天和蓝天里棉朵一般的云。白云在两座山的结合处俯视着那股不太粗壮的流水，流水在草丛间细缓地喧嚣着，这声音使人的心明净，透彻而又空幻。似乎始终有种玉的声音在心里、在眼前、在两耳之间的某个地方闪烁不已。阳光透亮，照着来往的人群，照着缓慢移动的牛群、羊群和小镇上的一切。

镇子的最高处，有一尊显示草原人热爱草原、守护草原，与异族人战斗的纪念碑。我只是草草地看了上面的碑文，只记下1936年、百灵庙、乌兰夫、日本人这些词。是的，任何一个民族都需要土地和家园，当他们固有的宁静被某种外来的声音侵袭和干扰时，反抗是难以避免的。就如同我面前的这座土黄色的纪念碑，它没有“亲临”过蒙古族人为自己的家园与日本人抗争，但它脚下的这片草原曾聆听过厮杀和呐喊的声音。

站在纪念碑的塔基上，从任何一个角度看都能看到小镇身后辽阔的草原，或是一个碎片，或是一个整片，都安详宁静地存在着，使人的眼睛在一瞬间被清水洗过一般，绿色被封存在了深深的眼底。

镇上早年的建筑物已荡然无存，现在错落有致地建了许多白绿相间的楼房。我在诸多移动的脚步里偶尔站了一会儿，呆望其中的一幢，白色是不是象征自由飘浮的白云；绿色自然就是广袤无垠的草原了。千百年来，这个不断在迁徙和漂泊中生存的民族，现在将自己的居所固定了下来，但白云与绿草是不会被忘记的。偶尔也能见到阳台上绽放的白色、红色、黄色的花儿，一些绿色的叶子探出头望着楼下的行人，像个小姑娘一般，只是望望而已，并不想随人而去。据那个脸黑黑的，个儿不高，但身体很强壮的蒙古族歌手介绍，这个小镇历史上曾商贾云集，繁华一时，也是兵家必争的一块地域。从他自豪的眼神里我似乎能看见小镇昔日的一些景致：驮着盐的骆驼在阳光下定定地站着；一个中原汉人的手里抖动着华丽的绸缎；一匹小红马嘶鸣着，又迫不及待地寻找着它的主人；风干了的牛肉、羊肉在牧人的手里被传来传去；奶茶、炒米、手扒肉、浓烈的白酒、佩在腰间的蒙古刀……牧人们坐在牛粪点燃的篝火旁，喝着烈酒，唱着祝酒歌，从他们被火映红的脸庞依稀能看到忧郁和酸楚，从他们的歌声里能听见愁苦和郁闷……

3

是我前面说过的百灵庙。它依然那样安静地将自己隐藏在山的脚下，依然不紧不慢地轮回着岁月里那些光华的景致，小巧而不拘谨，圆满而透着佛的光芒。还是那两扇木门，厚重但不粗糙，在略显疲衾的声响中被一个小喇嘛轻轻地推开。

关于宗教及与宗教有关的文化我是外行，很少翻阅这方面的典籍，也很少听过关于宗教故事的传说。跟在那个蒙古人的身后，仔细地听。他望着我的脸，盯着我的眼睛，似乎只有我一人在认真地听。其实心里很惭愧，真对不起人家热情厚道的讲解。

还是康熙大帝用四种文字手书的那个牌匾，只是那字迹似乎缺少帝王的霸气和恢宏。据说帝王的字迹已被熊熊的大火化为灰烬，而帝王的身影依然在这庙宇上空萦绕。一个活佛的像被庄重地摆在那里，我似乎看见一种慈祥的光在大殿内呵护着这里每一个延续着香火的僧人。九世班禅、十世班禅、十一世班禅都曾光临此庙，足以证明它在草原上的地位。我没有被寺庙的建筑吸引，我被佛的精神感染。百灵庙不知道，一个刚刚走近它的人来了又要去。我是一个过客，游走在大小殿堂之间，我不是一个虔诚的佛门弟子，但我似乎和这些佛一样，依然能感觉到孤寂和落寞。站在佛的门口，回头再望，缭绕的香火不急不缓地传递着佛的信息。那个胖胖的小喇嘛，我看了他一眼，在他关上殿门的时候，有种自豪和清高。是的，我与佛之间总隔着一层交流的语言。

酥油灯在我身后闪闪烁烁，百灵庙静谧而空灵地深藏在一片青草和树林当中。远处的山坡上炊烟袅绕，午饭的馨香开始在草原上飘散。

4

一个老而黑的人出现在了我的面前。她原本白净的脸被高原的阳光镀上了一层铜粉，原本细腻的肌肤被草原上的风吹出了一条一条的皱纹，她的身子看上去已不怎么硬朗，她勾着头，对周围的一切视而不见。即便有汽车的笛声、人的喧闹声、远处牛羊的叫声一次次从她的身边飘过，而她始终坐在草原的白云下，如一个雕塑。应该是草原诗人讲的那个深受草原上人们尊敬的老额吉吧？早年的岁月里，她的丈夫去了远方，去了远方征战或者游牧，再也没有回来。而她的儿女们——不知道自己父亲的儿女们，也和她一样守着宁静孤独的蒙古包，在温暖的蒙古包里，在深夜燃烧的火堆旁，一群儿女听母亲讲自己祖先的征战史和迁徙史。我的心灵被这个老额吉的伟大打动。据说在草原上这样的额吉很多，但没有任何一个人会用鄙夷和嘲笑的目光打量她们。相反，她们受到草原人最高的尊重和爱戴。是她们繁衍和养育着一代一代的草原人，是她们守护着草原上的太阳、白云、蓝天，以及丰美的草和盛开的花。

该是月光下的敖包吧！石头与石头垒起的石头，周围长满了绿草，在坦荡广袤的大草原上孤独而单调地存在着。祭祀过的骨头和酒瓶在浩渺的月光下泛着青蓝的光，经幡在风里轻轻摇摆着。远处的一摊水似一面镜子，又像草原上的眼睛，水和敖包相互对望着，在千年的风花雪月里一直这样望着。这让我想起了那首经典的蒙古民歌——《敖包相会》。

只要哥哥你耐心地等待哟

你心上的人儿就会跑过来哟嗨

我觉得眼前的哥哥就是这敖包了，他的妹妹自然就是不远处的那滩水。他们虽然近在咫尺，却永恒地固守着草原上的法则。我的心里无端地生出一丝悲凉来，不是为眼前的敖包和水，而是草原上那些为了爱情而歌唱的人们。

河西走廊

1

我将一张不大的中国地图平铺在洁白的地板砖上，然后蹲了下来。我眼睛要寻找的是甘肃，这是一个地域狭长的省份，她的东南是绵延数百里的陇山山脉，这座山我很熟悉，因为我就生活在这座山的腹地。再将目光移向黄河以西，浩瀚的腾格里沙漠与蜿蜒西去的巴丹吉林沙漠依靠祁连山的雪水灌溉出小块的绿洲。祁连山南麓的雪水流入青海把游牧文明不断拓展，北麓的雪水浇灌着河西走廊上的农耕文化，这座山也就成了两种文明的界山，也成了两个省份的界山。

如果将视线稍稍抬高，俯瞰地图上的甘肃，你会发现她是一个十分特殊的省份。她的北面及东北是蒙古高原，南面是青藏高原，东南是宁夏，西面是新疆。只要有一点历史知识的人都会看出历史上甘肃的地位和作用是不言而喻的。而我恰恰要在明天夜里，乘坐西去的列车途经河西走廊，真正地深入其中。我知道这条路上曾留下了太多的雪与火，风与霜，刀光与剑影，马鸣与厮杀，也有过驼铃的沧桑，丝绸的柔情，更有那些戍边将士面对秦时明月与汉时雄关发出的感叹，还有那些被贬被流放的达官显贵在这条路上西出阳关时留下的牢骚与怅惘……然而，深入；深入，又隔着时间和空间开始了慢慢地寻找——寻找什么，我一时说不清楚。这时候，我才发现，我把整整一夜的时间留在了有关河西走廊的书籍里。譬如我在《史记》中寻找，在《汉书》中寻找，在《全唐诗》中寻找，在一本字迹很小但页码很厚的《二十五史》中寻找。每一次，我寻找的字迹却不仅仅指向河西走廊，而是以她为圆心，向方圆二百里、三百里，甚至四五百里辐射出去，或者说以一个人、一件事为圆心，这个人、这件事就像河西的一滴水不慎滴在了书页上，悄无声息地向河西的纵深处渗入。

2

2008 年 8 月 28 日之前，我没有见过沙漠、戈壁、雪山。在我仅有的一点地理知识中，河西地区被定性为沙尘暴的故土。每有风起，必有沙来，天空弥散的是黄色呛人的味儿。今天终于有了一次深入，才发现她原来也是这样宁静安详，这样风姿卓绝。

火车的速度并不怎么快，走上一两个小时，会停下来，加上水，再跑。就像火车没有发明之前跑在这条路上的那些马，累了，是要停下来，喂些草料并饮水的。我在拥挤的火车上寻找了一个靠窗的位置，我的视线穿过玻璃与灿烂的光线一同落在戈壁、草场、雪山，以及那些恬静的村庄之上。这使我无比激动，激动之余，觉得这神秘的走廊当你真正和她有了肌肤之触时，雪山之水原本那般透彻，亘古的戈壁也那般亲和，就连向西的铁轨也那般温暖，石头缝里拼命生长的草和花也微笑着送别每一个从它身边经过的人……

是秋天，是大地上孕育着收获的秋天。原来秋天在人们称作丝绸之路的地域上是这样的生机勃勃，这样的丰富。羌笛何须怨杨柳。原来杨柳生长在这里从来都不寂寞。透过雪水消融的波光，我看见雪山与草地层次明晰，绿洲与戈壁相互掩映，在相互存在的地域里又不断地变化着，永远不能消停。仿佛它们的生命有太多的活力，不断地释放着来自生命体内的美丽。我在火车的速度里捕捉着每一个从我眼前驰过的事物：挺立的树木，苍老的岩石，绿中泛黄的玉米，孤独盘旋的鹰，缓步前行的骆驼，从我眼里近了又远了的人，他们并不是一个独立的生命体，而是紧紧地环抱着走廊上的每一寸土地，又以各自的静态与动态诠释着各自的生命。

静止的祁连山，不像奔跑的火车，累了的时候是要停止的。而它千百年来一直就那样停止着，那样一目了然地存在着。千年不化的积雪像棉被一样温暖着它的体肤、缠绵、无私和富有，是它在历史的坐标中显得那样不可动摇，不可捉摸……细碎的银子一般流淌的雪水彰显了强大的生命力与繁殖力。历史上生活在它两边的人们为了依附它，曾进行了多少次的战争。现在，战争已经远去，但我能从遗留的书籍中读到战争给这里的人们带来的创伤。

失我焉支山，
令我妇女无颜色。
失我祁连山，
使我六畜不蕃息。

这是一支《匈奴歌》，我不清楚这歌中的焉支山在什么地方，但歌中的祁连山就在我的眼前。这是一支匈奴悲歌，从历史的书页里抖落出的寥寥数语，我能依稀看见战败的匈奴人在失去祁连山时的景致：曾经英雄的男人们喝完了最后一壶酒，骑着马，驮着破旧的毡房，赶着稀疏的羊群，领着哭泣的妇女，在没有月光的夜里，在满含悲壮、痛苦、遗憾、惆怅和叹息声中开始了新的迁徙。新的家园又在何处？这无疑是两千年前的两个民族在开疆拓土和各自生存中兵戎相见后留下的凄凉。我走进这里的时候，马蹄早已西去，但古歌依然长存。在我的文字里我不愿意描述战争的意义，也不愿意赘述历史上那些东来西去的刀光与剑影。我的心灵是要战栗了，战栗于眼界以内这座郁郁苍苍的山，山巅是与阳光一样不老的积雪，雪线以下是绿色的草场，再近处是褐色的岩石，这些流动的色彩全都活跃在祁连山晶莹剔透的波光中。我必须承认，它们是祁连山的不二主人，它们一个一个，自走出母体就根植于此，在它们的生命中上千年的历史只是弹指一瞬，但它们知道祁连山的性情，懂得祁连山的感情，因此就无怨无悔地扎根这里，年复一年地吮吸着祁连山的营养，不断地舒展着自己。

列车似乎来了一个急刹，车体在惯性的作用下有了些许晃动，拥挤的车厢里人们开始有些慌乱。这时候，我却没有一丝紧张。这是车窗外静止的祁连山给我的信念。我把刚才落在某个乘客身上的视线收了回来，再一次透过车窗，领略祁连山山巅那层皑皑的白雪。

3

看见祁连山的同时，一并走进我眼帘的还有长城。在这里我没有看见她的丰满与圆润，雄浑与伟大，而是像一个被遗弃在荒原上的孩童，衣服褴褛，筋脉裸露。我曾见过山海关的长城，山与水之间横亘着的一道长墙让每一个看见她的人浮想联翩；也曾登过八达岭长城，站在厚重的城砖之上，手扶城垛，满眼里跳动的是浑厚的色彩；也在冬天的雪地里，一个人独步爬过固原城北的秦长城，寻找过唯余莽莽的意境……那一天我看见河西走廊上的长城令我终生难忘。

大漠孤墙，落日无河；汉唐雄风，荡然无存；残垣断壁，满目疮痍；如我之旅，飘然旷野。我的心头像被谁的大手狠狠地揪了一把，我是要跳下列车去拥抱你昔日的辉煌，还是远远地望着你挥一挥手？

“胡人不敢南下而牧马”。

这个下令修筑长城的人，我不知道他当时是怎么想的。把自己的家园围起来，便可以安安稳稳地过自己“日出而作，日落而息。凿井而饮，耕田而食”的日子。胡人于我何有哉！然而，胡人并没有因为一道人为的砖墙停止南下的马蹄，而是一而再，再而三地叩开雄关朱漆的木门，大大方方赶集似的在中原富庶的城池里转上一圈，脱下腥味四溢的羊皮，换上柔软的丝绸，皮囊里装满发光的珠宝，顺手牵上一两个细腰的汉家女子驮于马上，然后，仰天长笑，伟大的太阳神啊，中原的繁华与富庶岂能让汉家皇帝独享，我们的大单于刀锋向南一指，长城于我有何哉！

“并吞八荒，囊括宇内。”

这是农耕地域上的文人对第一位农耕民族的封建帝王奉承的文字。这里我们不能贬低这个叫嬴政的人在横扫六合的过程中所付出的智慧与谋略。但他的想象力还是有限度的，他的视野和雄心就限在了这道长墙以内，比起后来的汉武大帝、李唐王朝简直是有天壤之别的！然而中原农耕土地上的这些所谓不可一世的帝王们的欲望毕竟也是有限的，敢与游牧的蒙古人拥有的版图相比吗？敢与清朝人所统治的版图相比吗？显然不可同日而语。习惯了大手笔、大风范的游牧民族，他们的心胸草原一样的广阔，他们的包容性显然更加宏大。

长城把我们自己圈了起来，就像我们生活的四合院，关起门来，过自给自足的小日子。

然而，就是这样的一道长墙，在它两边，埋满了箭镞与铁戈，白骨与盔甲……

每一次的撕扯与缝合在我看来就是两种文化的传粉与授精，两种文明的杂交与融合。我一直以为这两种文化在中国版图上仿佛一母同生的两个兄弟，为争夺一家之长而进行着“长期不懈的努力”。当兄长纸醉金迷肾虚疲软无能为力来领导一个家庭走向富裕的时候，理应将领导权、决策权让给有活力的弟弟。可惜的是，兄长不仁，兄弟便不义了。于是，大打出手，地点多半会选在长城内外。

在绵延一万里纵深两千年的空间和时间里，关于长城人们留下了多少妙语诗文，又留下了多少观点看法，我不得而知。

在与长城并肩而行的列车上，我只看见从岁月深处迤逦走来的一砖一堞那么艰辛，那么孤独，一身残损又蓬头垢面……

4

武威、张掖、酒泉、敦煌，汉武大帝用刀与剑的力量钉在河西走廊上的四根木楔。为了这几根木楔的牢固和稳定，也为了生活在木楔周围的子民安居乐业，历代的皇帝费了多少心思，劳了多少神？我能想象出大汉天子打下这些城池时的喜悦与狂放：甘泉宫里华灯高照，鼓乐齐鸣，推杯换盏，醉倒了君臣一片；大风起兮云飞扬，面对汉宫孤月高唱英雄的歌；娉婷宫女，杨柳腰肢，躺在华丽的丝绸里鱼一样的笑；纤纤细手端出的葡萄美酒溅湿了龙袍，醉红了丰乳……多么豪华的一场国宴。然而睿智的汉天子并没有沉迷于音律与酒色当中，高坐明堂的他，大手一挥，十万户中原汉人举家迁往河西。想想，那时的那些中原汉人是何等的惊慌，又是何等的恋家念土。故园东望路漫漫。一场浩浩荡荡的有组织、有目的的移民就这样开始了。十万户汉人撒在广袤的河西，只是星星点点。于是，我们的皇帝紧接着颁布了第二道法令：戍边将士就地屯垦。于是，那些拿惯了刀枪剑戟的士兵在河西广阔的土地上屯垦放牧，建立家园。始于汉代的屯垦戍边政策一直沿袭至今。你也可以想到那时的河西是多么的热闹！土地之辽阔，语言之繁复，习俗之众多，粮棉之丰厚……日暮黄昏里，袅袅升起的炊烟温暖了城堞上鸟的翅膀，温暖了戍边将士怀里盛酒的皮囊，到处生机勃勃，到处欣欣向荣。

武威——不再耀武扬威，也不是一个凉凉的州。汉以后写《凉州词》的那个人只是没有实现自己的抱负而仰天长叹，将自己的牢骚宣泄于此罢了。这一年的秋天，我经过了王之涣的凉州，王昌龄的凉州，长亭里歌女依然唱不尽的哀哀凉州，戍楼之上谁人吹奏“七里十万家”的凉州……然而，我认为我经过的是马踏飞燕的凉州。

张掖——“斩匈奴之臂，张中国之腋（掖）”。事实上，我更相信她的另一种称谓——甘州。甘者，甜也。甘肃人有金张掖，银武威之说。河西走廊上的粮仓。我从她的肌肤上走过，白杨肃立，柳丝如绦，满眼里是秋天的丰饶、自然的富庶啊！

酒泉——肃州。一个与骠骑将军霍去病有关的地名。相传霍去病出征匈奴于酒泉一带获胜，汉武帝闻讯，特赐御酒一坛，将军将酒倾于泉中，与众同饮，故取名酒泉。

关于这个传说我是有质疑的。依照汉武大帝的性格赐酒肯定不是一坛。将士在前方流血，一坛酒与一个战士的生命之躯，孰轻孰重，汉武帝不是不明白。传说总是形而上的。但令我捉摸不透的是霍去病这个听上去怪异的名字，让匈奴人胆寒的名字，他的天敌却暗含在他的名字里。英勇善战的将军二十几岁便英年早逝了，他的墓在距离汉武帝的茂陵不到一千米的地方，我曾在西去茂陵的路上，驻足于将军墓前，阅读他的丰功伟绩，感受他带给河西人民的福祉。

酒泉，一个神秘的地方，于古于今。

敦煌——我不知道这个名字的由来，但我先于河西知道你。“舜逐三苗于三危”，这恐怕是《山海经》里关于你最早的记载，早得有些像传说里的神话。传说中的五百个强盗一夕悟透在此成佛，五百尊佛光日夜普度众生；壁画上反弹琵琶的飞天，指尖流淌的音韵是与胡笳交响还是与羌笛重奏；年轻的鸣沙山，不老的月牙泉，有谁能分开你们生于斯长于斯的拥抱……伟大的敦煌啊，海市蜃楼一般神秘莫测！这一次，我不打算造访你，因为，你的厚重会击伤我的眼睛。

有了这些城池与关隘的存在，强大的匈奴被分成了东西两部，汉武帝以后的十多年里，西匈奴继续西迁，越过哈萨克草原，翻过外高加索山脉，进入今天的欧洲；东匈奴跨过长城，渡过黄河，融入中原，被汉家皇帝赐予刘姓，在今天中国的刘姓当中有一部分就是匈奴人的后裔。

5

在这里我要说的自然是人的足迹。

战神卫青的刀锋尚未到达河西的时候，汉武帝就派遣一个叫张骞的年轻人以大汉使臣的身份出使西域三十六国中的大月氏。那时候，不可一世的匈奴可汗将大月氏富庶的土地占为己有，将战败被俘的月氏国王杀害后用他的头颅做成了饮酒的器具，多么残忍啊！为了东西夹击匈奴，张骞带着这样的使命出使西域。从长安出发时的阵势我们是可想而知的。张骞使团的步履刚刚踏上匈奴人的土地，就变成了匈奴人的俘虏。大漠。雪山。草原。没有了四方红墙的阻挡，张骞的视线总穿过远处的白云，望尽雁归路。十三年的俘虏生涯，学胡语，娶胡女，骑胡马，食胡人之所食……最终逃脱胡人的看守，依然以汉使的身份到达了大月氏。那时的月氏女王早已无心对战匈奴，应该说张骞并没有完成汉武大帝赋予他的使命。但张骞从西域带回了中原汉人对西域风土人情的了解，张骞开辟的丝绸之路让东方人和西方人在这条路上留下了贸易与繁荣的烟火。难怪司马迁用了“张骞凿空”这样一个词语。

自张骞通西域以后，东西商贾络绎不绝于此道，文化使者频频穿梭于此道。

东晋僧人法显由此道入印度求佛学法，在他的《佛国记》中对今天葱岭地区的物产和气候进行了生动逼真的描述。

唐朝初年，著名高僧玄奘自贞观三年至贞观十九年（629—645年），在外游历十七年，周游中亚一百三十余国，经南北两道往返，留下巨著《大唐西域记》。

蒙元时期，长春真人丘处机走此路，翻阿尔泰山，跨准噶尔盆地，过乌鲁木齐，蹚伊犁河水，到达今天的阿富汗东北。

……

绵延一万两千多公里的丝绸之路诞生于人们对未知世界的渴望。它是古代人类最重要的经济动脉，从东方的中国长安一直延伸到西方的地中海沿岸，将商品、思想、文化、信仰向世界各地散播。世界上最伟大的文化在此交汇：蒙古、印度、波斯、罗马、希腊、拜占庭、美索不达米亚、埃及……

一条伟大的贸易之路，一条伟大的文化之路，一条伟大的文明之路……世界就是通过这条路认识了中国。公元前四五世纪，古希腊人称中国为“赛里斯国”，即丝国。相传，当年罗马的恺撒大帝穿着丝绸长袍到剧院看戏，全场观众无不啧啧赞美。一时间，丝绸的价格与黄金一般昂贵。在西方人的眼里，遥远的中国就像美丽的丝绸一样：绮丽、富贵、光彩夺目。所以，19 世纪德国地理学家李希霍芬在对东西交通古道研究时，首先便用了这个名字：

The Silk Road，即“丝绸之路”。

我只是在这条路上走过了短暂的一截，与前人的脚印在这里叠加。他们的名字沿着庄严的铁轨在我的眼前浮现。蒙恬、张骞、卫青、李广、法显、岑参、王昌龄、玄奘、成吉思汗、丘处机、林则徐、左宗棠、谭嗣同、陈潭秋、茅盾，以及意大利人马可·波罗、俄国人勃奥鲁切夫、匈牙利人斯坦因、法国人伯希和、日本人吉川小一郎、瑞典人斯文·赫定……无数人走过这里：商人、僧侣、道士、使臣、探险家、诗人，当然了也有强盗……

6

在大唐如海的诗歌中，边塞诗的生命如祁连雪峰一样高耸云端，而边塞诗大多与河西有关，与河西的这几个关隘有关。是阳关、玉门关成就了岑参、高适、王昌龄、王之涣、王维，还是他们用诗歌的语言将河西传播？如果我们将目光投向盛唐时睿智、包容、豁达、率真、激情的长安，这些名噪一时的诗人们在长安的街头究竟干了些什么？不得功名，在酒肆里听胡音？官场失意，在驿馆里看胡妆？稍有不悦，便牢骚四起。

大唐辉煌无比，河西凄凉无限啊！

渭城曲

渭城朝雨浥轻尘，客舍青青柳色新。

劝君更尽一杯酒，西出阳关无故人。

渭城：秦时的咸阳，汉改名渭城，也就是长安郊区。阳关：玉门关以南，古时南为阳。这两个地方相差万里，在诗人的笔下又靠得如此近。清晨时的细雨洒落渭城，沾湿了飞扬的尘土。雨后，客舍附近一片柳树，颜色更加葱绿，亲爱的朋友啊，再喝上一杯吧，只要你的脚步迈出了阳关，自然就不会有我王维这样与你一道同饮的朋友了。

用现在流行的话说，这个叫王维的诗人绝对是个煽情高手。与“风萧萧兮易水寒，壮士一去兮不复还”的荆轲送别相比，王维就内敛温柔了许多。仅仅二十八个字，便道出了千万离别人的心声。他老人家并没有用凄凄惨惨的字眼去描述离与别，但每一个字却能安慰友人孤寂的心。难怪他的诗被谱成乐府，成为千古绝唱的《阳关三叠》！

阳关啊，你的名字让多少人传唱，在你的背后又演绎着多少悲凉的故事。

凉州词

黄河远上白云间，一片孤城万仞山。

羌笛何须怨杨柳，春风不度玉门关。

玉门关：也称玉关，河西走廊上的一个关口，唐时为凉州西境，因新疆和田所产美玉经此地而远销内地，故得名玉门关。

我不知道如此清俊雄奇、苍凉悲壮的诗歌在中国古诗中所占的位置，又有哪几篇能与之媲美。黄河如带，绵延在遥远的云天，孤零零的一座城池，荒凉在崇山峻岭中间。羌笛委婉，吹起悲凉的乐曲，倾诉离别时的哀怨，可你是否知道，和煦的春风，从来是吹不到玉门的！是春风吗？显然不是，是帝王，是皇恩。皇恩浩荡。浩荡的皇恩为什么就不体恤他的边民，慰藉为他的江山戍边的战士呢？我们能够想象出李唐皇帝读到这首诗时是怎样的愤懑与不满，戍边将士又是怎样的泪流满面，那些玉门关以西的边民又是怎样的恓惶。

再说王之涣，一首《凉州词》，把他推向边塞诗人的代表，他也许是信手勾出的一幅高远辽阔的戍边图，就把自己定格成了凉州的“代言人”。自他以后，凉州这个名字被简化成了荒凉和苍凉。

7

那一天的早上，阳光灿烂无比；那一天的黄昏，残阳如血。那一天我在奔跑的火车的速度里，将这块狭长的十五万平方公里的大走廊清清楚楚明明白白地看了一次。那一天，走廊显得奇异的平静，仿佛只有我一个人的身影接受着走廊的眼睛。那一天夜里，目送我离开走廊的不再是秦时的明月，汉时的雄关，而是历史与记忆里走来的一股清凉。

素描济南

大明湖畔

过了小明湖，大明湖就到了。悬挂于空中的这三个字，灯光下，招来诸多拍照的身影。闪光灯开启的一瞬，相机里被定格的表情迥异，唯独不变的是身后那块牌匾，一年四季用同一个面孔，惯常着迎来与送往。

白天的湿热、烦躁、压抑、沉闷……在这里全然遁逃。

树是有的，高大的枝条，遮住了从城市的楼群里出发的橙黄色、银白色、淡蓝色、翡翠色……在树下走动，延伸出来的枝条，轻抚了一下身体，身上会投下一些光的碎片。能闻到花香，从什么地方飘来的，没有细究，也不想细究。有花，就有暗香浮动。

是的，是荷，在黑暗里舒展。硕大的叶片，浮在水面上，有没有花开，此时是看不见的。我希望在这些叶片之间，不应有花，方显得朴素。有了花，文人们就多了笔墨，多了情感，多了呻吟，多了无限大的想象，失真的想象。

应该是大明湖了，不然，身边的女子不会说出：“皇上，你还记得那年夏天大明湖边的夏雨荷吗？”好在我是不看清宫剧的，皇上和夏紫薇自然是记不得的。

目光掠过荷叶，一泓阔达静谧于此，不同亮度的灯光映在水里，私占了半湖微澜。是我要找的地方了。

沿石子铺成的岸缓步而行，也不知道岸有没有尽头。尽头肯定是有的，对于我只是陌生和漫长。灯光也只有在这个时候，将自己裸于水中，展现纷繁和美。水绝对不是静止的，能看见缓慢流动的光，一圈一圈地漂移，最后将自己消失在岸边，消失在人的脚下。

而人在这里彰显着各种动作和表情。快走、慢走、结伴、独行、拥抱、呢喃……因水而来，却忽视了水的存在。声音也在水的周围四起，独唱、合唱、京剧、吕剧、笛声、鼓声……这些混杂的声音并没有搅动多少波澜。水依旧那样平缓，在暗淡里一荡一荡，多少年来，就这样与岸拍抚着，又掠过多少人声与鸟语。水只有时间，不会记忆。

桥是有的，依然是今人用水泥搭建的，造型很仿古，但绝对没有了古色古香。扶着栏杆，一些人和事从桥下的流水里淌出，很快又远去。久居于此的人，是否一样也厌倦这里的柔与婉，而常常期盼着雄浑或苍黄。这样一想，就想起了我的故乡山水。此时，绿色也刚刚开始涌动，但水声似乎遥不可期。若这样的一湖碧水，安放在故地的荒凉里，该是怎样的奢侈与迷醉？

这时候，湿热完全褪去，黑暗在高处俯视着湖水的氤氲，微凉弥散，是那种恰到好处的凉。有些累，坐在浩然亭前的台阶上，抬头看天，天很近，却不见星光，星光有些疲惫，如同我手指间将要燃尽的烟头。

私密地说，大明湖里流淌的水传承了浩然之气。目光穿过夜的色彩，在黑暗的那一边，我似乎看见大唐时代的杜甫。此时，一个人端坐在大明湖畔，饮酒还是品茗，这并不重要，重要的是他独自在这里，用诗歌的语言翻译着朱门与死骨之间的对白。

被镜头拉近的光线里，我看见了曾堤的指示牌。应该是曾巩吧，在此地为官，他一定来过这片水域，也饮过这里的水。在我的想象里，曾大官人为了躲避无处不在的热，为自己修了一条纳凉专道，后人因了他的名声，便叫了曾堤。

见证过大明湖的还有辛弃疾。这个生于斯长于斯的男人，为了一个偏安一隅的王朝，在刀锋上写着豪放的诗歌。然而，豪放还是没有让他和他的抱负回到长江以北，最终只留下“青山遮不住，毕竟东流去”的无奈哀叹。

湖水有了些许的波动。在一闪一闪的波光里，我开始寻觅她的足迹。她一定在这里欢笑过，惆怅过，冷清过，最后凄惨地死在他乡的地域上。这个叫李清照的女人，行走在两宋之间的女人，大明湖一定见证过她完美的前半生。那时候，她把自己婉约成一首词，千百年来，有多少男人仰望着她的海拔。然而，在另一座湖水的边上，她的人生与命运如一场秋风刮过，绿肥红瘦皆成过往，只留下一叶残荷在雨中低诉。

此时的大明湖，完全跌落于黑暗。同时跌落的还有国破、家亡、离乡、背井、孤苦、凄凉……这些我们不愿意触及的词汇。然而，它们却与一个伟大的诗人纠缠了一生。诗人就是诗人，骨子里的节气在生命的最后豪放成了一首千古绝唱：“生当作人杰，死亦为鬼雄。

至今思项羽，不肯过江东。”可怜的诗人啊！回不了家的不仅仅是项羽和你，还有杜甫、辛弃疾他们。

离开大明湖的那个刹那，我想起了葬身此地的徐志摩，在济南的雪地里走动的老舍，还有离开我们不算久远的季羡林……

是夜，日光留下的闷热自地面缓慢而起，携带着没有任何重量的烦躁。裸了身子，滚在夜的中央，依然不能入寐。迷蒙在凌晨的雨中，我似乎听见了雨打芭蕉的声音。

曲水亭街

我一直以为这是长养在城市里的村庄。不可否认，许多村庄走在消失的路上。许多河流也正在步着村庄的后尘。这个隐于城市里的村庄，这条活在村庄里的河，能安然在这里流淌，也算是万幸了。

我来到这里，夜色刚刚起程。阳光将尽的残余里，能看见一抹黛色在青砖与碎瓦之间游弋。走在左边的女子说，来到这里，你能感受到老济南的影子。“家家泉水，户户垂杨。”如果我没有记错，这句话出自晚清文人刘鹗的《老残游记》。第一次接触这句话，真不知道他是留给济南的。不期相遇，在出处的原点，难免有点激动。

院落明显有翻修的印迹，镶嵌在门楼上的烫金字，在黑的底色里彰显着富贵的希冀。经过时，我似乎闻到了尚未散尽的墨香。一家人，坐在门前的廊檐下吃晚饭，四散的饭香，诱惑往来人的目光，但是，却看不见撩人的炊烟，难免少了村庄原始的味道。

没有浮躁、喧哗、尾气、嘈杂、熙攘……城市里惯常的表象在这里集结，唯有迟缓、安然、闲适、自然在这里传承。随后加工的建筑，砖瓦、房脊、石雕、木头、窗棂……依然携带着古旧的成分，它们让我在这里闻到了传承的温暖。即便隔着时间，也是一次跨年度的重温与熨帖。

大门敞开着，一方照壁隐去了院内的神秘。很明显，照壁已有了一些年份，雕刻在其上的一朵荷花在这样的夜色里，真是别样的红！荷与和同音，汉字的力量被嵌在这里，你不能不佩服她的强大。有两个女子换了不同的造型，与这块照壁合影。一个闪光，就是一个影记。风烛残年之后，再翻开曾经的刹那，照壁依旧，物是人非。回忆里会留下怎样的怅惘，不敢想象。

这些灰色、坚硬、冷漠的石板或石条，被铺陈在这里，没有具体的修筑者，也没有具体的记录者，它们承载在时间的重量里，数点了多少过往的脚印，石头自己一时也难以明确。偶尔被一双粗糙的大手翻起来，尚未触摸到人体的温度，复又被原封不动地安放在时光的背面，时光，只是走路人脚下扇起的一缕细微的风，脚步抬起，时光流逝。

灯光是什么时候出现的，没有注意。而这灯，在强烈与昏黄之间恰到好处地亮着，与这样一方安静很似和谐。

人家门槛下流淌出碎银一般的细线，汇聚进这条叫曲河的水里，在清纯与清凉的路上缓慢微笑。而院落周围这些低垂的柳条，偶尔会拂一下人的脸颊，而后轻轻摆动，挥别熟悉或陌生的身影。

流动的是没有声响的曲水。在水拐弯的地方，我看见一个女人，站在昏黄的灯光下，右手打着手机，左手夹着一支烟，吸烟的动作很娴熟、很酷、很潇洒，烟圈在灯光下一缕缕远离，最终被夜色吞噬。

在这个宁静的地方，她的出现有些神秘，有些另类，也有些格格不入——她像曲水里游动的鱼精，知道怎样在黑暗的水里寻找微笑、欢乐和生活。

而此时身体周围依然弥散着粮食味道的老人们，从神秘的门洞里溜出，不同方向走来的“马扎”在树影下集结，扇子扇起的语言，在闷热里发酵。小桥下的流水里，站着一个身体结实的大姐，她的脚下一定踩着一堆棉花与化纤的混合物。她已经习惯了这里的棒槌声、揉搓声。在她周围跑动的还有一条耷拉着耳朵的黑斑小狗。

一个中年男人，背靠着树，双眼微闭，双脚任凭流水拂过，身体似乎很安静。我站在他的对面，想象着这个男人的想象：生活的琐碎与忙碌的节奏，反复修改着这个男人白天的方向，坚定与软弱均出现在一个刹那。唯有黑夜才能使他释然在这样的光景里，用疲惫的双脚感受水的耳语。这个属于自己的姿势，与过往人的眼神无关。如果没有时间的约束，我也会学着他的姿势，坐在这里，一句话也不说，一直到天明。

青砖、白墙、石板路、小桥、流水、人家……在这些复古的建筑里，依旧能找寻到过去生活的结构。伸向昏黄的店铺，出售着泉水茶、老粗布、古玩、字画、面塑、蛋雕、剪纸、串珠这些文化业态。没有多少行人，摆放在货架上的物件，与它的主人相互对望着流淌的时光，而时光，不过记忆里吹过的风，一眨眼，了无痕迹。

黑暗向低处下沉，在灯光与黑暗衔接的那一抹昏黄里，河流将自己无私地敞开，漂在河面上的树叶与静止的水草缓缓作别。在白天的光线里，或许还可捕捉到游鱼的影子，很可惜，我拥有的仅仅是夜晚。

继续行走，步履被一块石碑挡住。济南到处是泉，每一眼泉都有一个讲不完的故事，那么刻在碑上的这眼刘氏泉呢？她的故事有多久远，唯有这首诗，足以证明她的传说与神奇。“泉名刘氏果何人，千载风流数伯伦。天产酿泉清可掬，松花满泛翁头青。”用手抚摸着这块黑色的碑，仿佛摸着她的脸颊，光滑而圆润。刘氏远去，唯有这叮咚的泉水或许记着她的样子。

曲水亭街，在我的脚下终止了延伸。沿原路返回的时候，这个脸上流淌着质朴的女子问：“感受到老济南的味道了吗？”

味道？一个多么宽泛的词。它至少涵盖了粮食、炊烟、文化、市井、商业、民俗、生存……但我害怕这样的味道在我的内心出现，而产生突兀的慌乱，因为仅仅不到一个小时的表象触摸，我对她了解得少之又少，这里承接并延续着济南的许多故事，又如泉水一般不断更迭，我情愿悄悄地来，轻轻地走，也不愿站在一汪泉边，探究她的秘密。

大门一扇一扇次第关上，那转动的声音，似乎吟诵着昨夜郑板桥经过曲水亭街的咏叹：三椽茅屋，两道小桥；几株垂杨，一弯流水。

而此时，流放新疆的刘鹗，泉水与垂柳在他的梦里难免有些凄凉。

红土地上的瓷片

横峰——一片静谧的山水，深藏于赣东北腹地。

我来到这里，正值初夏的一场细雨之后。耀眼的红土、蜿蜒的丘陵、圆润饱满的山峦以亘古不变的色彩滋润着大地上赖以生存的一切。没有雄浑，也没有高大；没有喧嚣，也没有嘈杂，唯有缓慢的时光守候着无处不在的苍翠。是的，是苍翠——淡绿、墨绿、深绿、浅绿以不同的姿态舒展着向上的生命；旧的绿尚未老去，新的绿便迫不及待地贴着红土的肌肤，肆意蔓延。站在幽深的蓝天之下，或者任何一条流水的旁边，举目四望，撩拨心悸的不仅仅是绿荫匝地，还有横着的山岭和侧着的山峰，不然，生活在这里的人们绝不会从“横看成岭侧成峰”的句子里给自己的县域取名。

在红绿相间的地面上行走，目光被一座废弃了的窑址收敛。有窑便有瓷，有瓷便有窑。只是因了时间的跨度，我站在这些被风雨剥蚀的碎瓷面前，依稀能看见旧有的斑驳和陆离，而它们缄默在草丛之间，聆听着过往人的惊叹、赞誉、揣度、规划和憧憬。顺手捡一块瓷片，在手指间来回搓磨，不滑不腻，温润如玉；太阳下，透过刺眼的光照，纯正的釉色与细腻的釉面之间释放出的节奏和韵律，将宋人追求理性之美的风格演绎得淋漓尽致。我不是瓷器的鉴赏者，只能在表象的纹路间触摸彼时的光影：有窑百座，窑工万余；声音响彻清晨，身影辉映黄昏；泥浆四溅，毛坯成行；画匠勾勒线条，寄情山水之间；窑工点燃薪火，烟尘熏染日月；新瓷出窑，熠熠生辉；青光与油彩相互叠加，目光与惊叹此起彼伏……车船汇聚，商贾云集，一时间，商业的烟尘与贸易的气息在碰响的瓷器声里扩散、流转、传承……你能想象到自宋以来此地的繁华与富庶。

王朝更迭，是无法改变的循环规律，但以瓷为生的人们，依然延续着烧瓷、卖瓷的秩序和次序。在你残垣的肌肤上站立，山水之间，我能听到瓷器清脆的声音，由大地深处上升、回旋、萦绕，沿着水的流脉，穿过不同的地理单元，扩散着一片地域的光华。

在国土之上，众多的瓷窑遗址里，你不算有名。不及磁州窑之富贵；不及龙泉窑之强盛；不及德化窑之广阔；不及景德镇窑之久远……你仿佛生你的这片红土，朴素和自然是你的胎心，单一与简洁是你的表象。然而就是这些白的、黑的、粗的、细的色彩和质地，却以集体的力量散落于民间，散发着油盐酱醋的味道，承载着五谷粮食的重量。即便离开母体，轮转的光照，依旧流泻在你的面颊之上，将你的玲珑剔透在他乡烟尘里。烟尘可以熏染你的肌肤和身体，但无法隐去红土的胎心。

沿着长满艾草的路径，流水的曲线，破土不久的庄稼……残存的瓷片被有序、无序地散落在田间地头。我知道它们已经很老了，老到可以记述一个王朝的背影，一座村庄的繁华与衰落，一棵树的直立和倒下，一个人的生老与病死……岁月不语，唯瓷能言。它记录着每一个时间节点上来了又去了的人，以及这些人留给世事的传说和传奇。比如，此时出现在我眼前的两只瓷罐，一只斜躺在庄稼地里，一只直直地站着，如同近在咫尺的两个人，诉说着时间里的铅华和阴晴圆缺里的那些鸡鸣与狗犬。面颊之上，呈现着不同走向的细痕，抚摸这些纹路，仿佛一个老人，在时光里闭目养神，偶有人声惊扰，突然睁开，光芒里满含宁静和安详。我在它们周围走动良久，没有作声，也不能作声。它们已经听了很久的人声、水声、风声，每一种声音在它们的体内一闪即逝，没有留下任何有意义的停留，改变它们位置或用途的停留。

有水声从不远处传来，清脆、悠长，似有瓷的声音。循着水声，逆河而上，水不是宽阔，也不是很湍急，从山岩里渗出，一滴、两滴……集小溪而成流，穿过杂草、树根、腐殖的叶片，从窑址的脚下流过。这水、这土、这柴草、这树干，用自己的身体成就了窑的辉煌、瓷的流转和窑工们的日常用度。我坐在水边的一块岩石上，听水声远去。水可以带走瓷的流脉，却带不走瓷的母体——窑。窑，仿佛此时我身后这棵三百年之久的樟树，栽树的人早已远去，但枝叶依然在风雨中繁茂。

看见樟树，似乎看见久远年代的一个窑工。搅和了一天的瓷泥，拖着疲惫的身躯，当他掀开自家虚掩的门扉，堂屋里传来女婴的啼哭，寄存在身体上的困乏一时间不知去向。窑工顾不上洗脸、吃饭，提了锄头，迫不及待地在自家门前栽下一棵香樟。樟树庇阴着院落，窑工数点着瓷器，女儿守护着光阴……待到出嫁的日子，樟树倒了，变成了厚重的木箱，木箱里不仅堆满了瓷碗、瓷碟、瓷坛、瓷罐……

还有用瓷器换来的丝绸和布匹。送女儿远嫁的车船日渐被茂盛的树木遮蔽，窑工并没有空落或者失意，他视远嫁的女儿如同送一船瓷器出村。女儿迟早是要回来看他的，沿河而下的瓷器永远是回不来的。

这些年龄不等，朝代各异，或整齐，或寥落的窑址被排列在这里，没有具体的构建者，也没有具体的守护者，在过往的温度里迎来送往了多少商贾，仿佛一年一度绽放的梧桐花，无从统计。一座窑，独自掩映在一片高大的枫树之后，远远地，只露出青砖箍砌的门洞，昭示着曾经绵延不绝的香火，香火在这里，不是欣赏者意念中晚来的炊烟，而是遗落在历史深处的文化符号，是先人们用泥土塑造出的恬淡、宁静、闲适、生存与生活。

目之所及，满眼里依旧是没有声响的碎瓷，散落的依然是祖先的手艺。在一棵开花的梧桐树下，我看见一个穿着红色裙子的女子，左手拿了一块瓷片，右手拿了手机，不断地变换角度，拍着光影里的瓷和瓷体上的山水。也许是痴迷或者忘我，她的身体与树枝有了一次触碰，洁白干净的桐花瞬间飘落，缓慢、轻柔，仿佛“五月飞雪”。然它们在我眼睛里，犹如鼎盛时期的横峰瓷窑，一时间，覆盖了辽阔的红土丘陵。

一个戴眼镜的男人，掌心里搁了一块细瓷，在树荫下独自欣赏，任凭流水和风的声音在他的身体上游走。踩着碗墩铺陈的小路，我的双脚有些动弹不得，信手捡起一块乳白色的瓷片，学着他的样子。生活的繁复，将我们的身体缠绕于琐碎，并不同程度地牵引着行走的方向，只有将身体安放在这样的光景里，才能感受到人与自然的默契。如若忽略了时间的约束和生存的欲望，我宁愿将自己封存于此，透过瓷片的质地，与一个王朝对话。

阳光、青草、杂花、流水、梯田、耕牛、人声、鸟语……这些静止或走动的物象，千百年来陪伴着这些缄默的瓷片，每一块瓷片都有一个讲不完的故事。而故事，一直在延续，延续它的依旧是这块土地上行走的窑工们的后裔。

阳光开始西沉，我继续行走。山峦披着霞光，蜿蜒于暮霭。挂在树枝上的各色花瓣与晚来的微风做着最后的告别。而我的身后，无数片白色将自己敞开，接受来自不同地域上的目光。

初夏的横峰，我行走的脚步在一块瓷片前停留，在下沉的光照里终结。

此时，有光晕从我的头顶掠过，祥和、轻淡，宛若瓷光。

沪行手札

1

列车从塞上开出，驮着夕阳，披着星光，穿过古老的秦长城之后，停留在原州的大地上。

之所选择乘坐绿皮火车，是想看看夜色里的乌氏、百泉、朝那、萧关、高平、义渠、甘泉、咸阳和长安，这些史书里不断变更的古老地名，看看工业文明统驭下的乌氏河、胭脂河、马莲河、泾河……它们从陇山的岩石里点滴渗出，汇集成水、成溪、成河，一路奔向长安。在城墙外回环、停留，见证了十三个王朝的繁华、衰落与更迭。

夜色里的萧关古道，曾承受过马蹄、戍卒、丝绸、茶叶、香料、瓷器、玉佩、粮食和人体的重量。而今，又承接并传导着钢和铁制造出的振动。大地就是大地，不言不语，用心胸回馈着人的压榨。

车厢内没有了灯光，所有的肉体沉醉于睡眠。我的目光在列车的速度里巡视一座山的轮廓。温柔的曲线隐约在星光下，仿佛睡熟的躯体，而肌肤上的野草、树木、庄稼，与苍茫一同延伸在河流两岸。

一些人，从黑暗中走来，背负着剑戟、诗书、酒壶、干粮和皮囊。向北，投身冰天雪地，仰天长叹：征蓬出汉塞，归雁入胡天。出——

生死未卜，埋骨大漠。向南方，感受春暖花开，英雄归来：长安不是客，怀拥梦中人。归——封侯拜相，鸡犬升天。

这条道，无数次走过，每一次万千感慨，而留下的只是一些琐碎的、经不起推敲的汉字。

此时，灯光亮起，车过平凉，下一站该是泾川。

关于甘肃，不想记录。

2

几日前，有人乘机进京，遭遇风雨雷电，于是本次沪行选择了高铁。但绿皮火车的晚点，导致从西安站到西安北站的时间仅剩四十分钟。计划不如变化快。跑步出站，打的人秩序井然，仿佛蠕动的长蛇。管不了那么多，豁开人群，我说我要坐高铁，迟了。门口的警察说你出来，于是很顺利地打了的。的哥给力，在西安上演了一场速度与激情的对决。坐在后排的老李记得很清楚：一路上超了十七辆公交，二百二十八辆轿车。依旧以百米速度进站，没有时间去观察路人的表情。落座，车开。幽默的老李说：把两个老汉的百叶都挣干了。

列车沿陇海路飞速。渭河在早晨的光照里晶莹剔透。小麦微黄，密匝于大地。玉米抽芯，吸吮着水分。大棚里的草莓，仿佛少女嘴唇一般红。搭在架上的葡萄枝条，蛇一般相互缠绕。

大地安宁，万物蓬勃。

壁立千仞的华山，在我的眼里，不是一座山，是传说中的陈抟老祖，是赵匡胤的一根手指，是秦腔唱词里的刘彦昌，是小沉香，是比肩接踵的人群和一个5A级的景区。

看不清黄河有多清、有多浊，只有一座三门峡大坝在历史的尘埃里被后来的水利专家批判、批评。渭南人要炸掉，还回被河水淹没的土地。但这坝，已经不是一座普通的拦河大坝，而是国家的面颜。

车过开封，发微信给楚教授：刚刚从河南大学门口过。

是高铁还是普通客车？

高铁。

高铁就不下来了，正在做一个文学大赛的评委，没时间接待你。

多年的朋友，幽默的一个回答，算是打过招呼了。

黄淮平原上的人家，大多三层小楼。河水分叉，漫漶于棉花、花生的根部。也有不少坟冢，孤独在田间地头。活人和死人争地，已不是什么新闻。

水乡江南，我没有看见书页里的乌篷船。青色粉黛倒映在纵横的水网里，下午的阳光，用最柔和的线条编织着梦里天堂。

过苏州，那些园林古朴在飞快的车速里。我只记起北宋王朝最流行的一句：生在苏杭，葬于北邙。

列车之上，邻座一个秃顶的男人对一个青年喋喋不休。他从世界经济格局讲到中美贸易、人类起源、东西文化差异、磁悬浮列车、涡轮增压、人活着的意义、爱情婚姻家庭三者的关系、茨维塔耶娃的诗歌、贾平凹的长篇《山本》……一个复合型的人才啊！直到昆山，他的身影才从座位上离开。那一刻，我觉得列车没有了他，前后左右的乘客是多么的幸福！

上海——此行的终点到了。一天没有进食，带着饥饿走进复旦大学新闻学院。

这一天跨越了宁、陇、秦、豫、皖、苏、沪，行程一千八百公里。经停渭南、华阴、三门峡、洛阳、郑州、开封、商丘、砀山、徐州、蚌埠、丹阳、南京、苏州、昆山、上海。

3

第一讲，我不爱听，缘由很简单。当年有人邀请陈寅恪先生北上，陈先生要一个路条，但没有人开具。

中国大学里，名字最美者莫过于来自《诗经》的清华和来自《尚书》的复旦。复旦之名还得追根于右任先生——“日月光华，旦复旦兮”。这与我没有任何关系。因为我仅仅是一个培训的学生，我家孩儿是上不了这个大学的，至于什么时候有程氏家族谁求学于此，那得看是否要于右任老先生审定了。

教授们出口成章，迎来很多掌声。我总是一个不怎么鼓掌的人，这与我的秉性有关。我对那些鼓掌的人说：花一个月的时间，写两小时的课件，每天讲一场，一月也会倒背如流。他们说也对。

很多人在大学门口挤着拍照。我坐在台阶上翻微信。有人听了王维一首被谱了曲的诗，我也听了。关中方言，大秦唱腔。“送君别去无知音，高台孤矗昂首望。”我在那里一遍一遍地听，等他们回来。归来已是午后。

车过黄浦江，煽情的讲解和这座国际大都市有些格格不入。一片地域的发展，被浓缩在一块电子屏，尽管人和事都是曾经发生过的，而作为历史、作为记录、作为商业，它的真实性总是带着传奇的色彩。

但这里用智能化展示出生于此地的名人。用手滑，看见傅雷先生。在他面前站立良久——那个时代、那个年月、那个夜晚，不堪受辱，高贵而有尊严地离开这个世界。死，都是那样有个性，带着魏晋风骨。没有心思浪费时间去听一个导游的证词，在海风里独行。路人说，去上海之心看看，那里可以俯瞰这座城市的全部。

在三十八层，一个商业的布展，所谓的大师，临摹古人的技法，展现今人的工艺。是美，是艺术。但和我们的先人是不可同日而语。

在我喜欢的工艺品前拍了一些实物，表示我来过。

隔着玻璃，看一把茶壶，很像有人送我的那一把。多看了几眼，往事历历在目。如果此时江南有雪，我便温了酒，煮了茶，邀约送壶的人，坐在三十八层，谈说人在草木间的故事。而听故事的人，一定是这座城市最初的设计者：传教士利玛窦和基督徒徐光启。

4

曾是春申君的封地。故，也简称申。

那时候肯定不在史官们记录的视野之内。一片凹地里，一座渔村。生活在这里的渔民，顺风顺水，出海打鱼，归来，是袅袅炊烟。闲适、安然、宁静，往来多为白丁。至于素琴、四书、五经恐怕只是传说。

《水经注》《地理志》等久远年代的大书里，几乎找不到有关这块地方的任何信息。真正声名鹊起在清末和民国初年。近现代的每一次历史事件，总能看见这座城市的影子。

而我，第一次走近，是在 2003 年。转机浦东机场，趴在不锈钢栏杆上，隔着厚厚的玻璃，只看见灰蒙蒙的天空，连一缕风也没有感受到。第二次，大约是2007年春夏更迭之时。驻足三天，遭遇大雨。原打算是要去鲁迅故居的，行程未果，只好买了一套《鲁迅全集》，在绿皮火车的燥热里，背回固原。

这一次，有了深入腹地的时间。

灯光和夜色同时走来的时候，我的目光开始落在南京路上。关于这里的繁华，最早的影响来自电影《南京路上好八连》。解放军战士是那样的意志坚定，在金钱和美女面前，纹丝不动。就想，长大一定要当解放军，去南京路站岗。当然，不排除看那些卷发头、红嘴皮、穿旗袍、嗑瓜子……在高跟鞋声里扭动着屁股的风尘女子。我这样写的时候，便想起我的朋友——林混。他是讲故事的高手，每一篇散文都会写到他的初恋、女同事、女同学和酒……假如，他要是有机会在南京路上站岗放哨，一生绝对有写不完的爱情故事。

多年之后，真正走在南京路上，年少时的记忆全无。街道被商业烟尘笼罩，人的身影淹没于喧嚣、楼群和琳琅满目。到处都充斥着叫嚷。当然，如果没有嘈杂和买卖，繁华就无从谈起。上海滩、十里洋场、不夜城……这些量身定制的名词，只会黯然失色。

空洞的肚子被粮食的味道诱惑，脚步停留在老上海美食城里。与想象还是有差距的。川菜、湘菜、淮扬菜、粤菜、鲁菜、关东煮、麻辣烫、烤肉串、兰州拉面、扬州炒饭、肉夹馍……似乎是全国范围内的大杂烩，确实辜负了“老上海”三个经历过战争和烟火洗礼过的字。要了一碗馄饨，个头比饺子还要“粗鲁”，不是我想象中的味道，如同黄土高原与黄浦江之间的海拔落差。

灯光柔和在这幢建筑的表面，使烫金的和平饭店字迹，变得不怎么醒目。但曾在《小说月报》读过同名小说，也追过改编的电视剧。谍战镜头徐缓飘出，在实物面前，那些刺激、惊险、环环相扣的剧情，只不过是编剧一个人的“独角戏”。拍两张照片，储存于手机，闲暇时翻捡，表示与这个有传奇故事的建筑物曾经有过零距离接触。

是的，无须置疑，这就是黄浦江。

风从东海起，贴着江面，逆流而上，在这里故意放缓了速度，开始撩拨游人的衣襟。人群叠加，倚着栏杆，摆出不同造型，用成像记录行程，背景多是东方明珠和波光粼粼的江水。

免不了世俗，也要拍几张，用来佐证光影交错的背景，就是中国的金融重心。云层不再绵密，钢结构的塔，隐约于雾霭。所有目光，掠过夜空和光照，企图搜寻被遮蔽的部分。明知徒劳，但人性是无法左右执着和欲望的初衷。

我总是一个躲避热闹和嘈杂的人。远离声音，往黑暗更黑处走。人群稀疏，给了夜色更多的空间。有了宽阔，就有了故事、有了爱情。一对情侣，正在上演激情。我不合时宜地出现，并没有破坏他们绵长的拥抱和舌尖上的甜蜜。

江风、夜色、灯光、流水、楼宇、游船、人影……构建成一个永远无法重复的画面。在这个画面里，任何一个人的来和去，绝对不会影响它的清晰度。

沿来时的路返回。有雨开始下落，撑开伞，身影被车流碾压。

5

课程安排得很满。下午有意逃课，准备去鲁迅故居和《文学报》

编辑部。地图上显示均在一小时的车程，因为懒，只好打消念头。

沿校区行走，梧桐遮天蔽云，草坪空旷，鹅黄和嫩绿数着往来的脚步。风吹来，肌肤凉飕飕的，的确高估了初夏时上海的气温。

毫无目的，只是感知一所学府的氛围。与陈望道先生的雕塑逢晤。我知道他是《共产党宣言》的第一个翻译者，也曾任职这所大学的校长。老校长目光幽深，瞩目莘莘学子，渴望、期盼、目送……每一个来了又走了的青年。来时一脸懵懂；走时，学有所成。

一个人死后，在知识的原点被人敬畏、仰望、怀念……此生足矣。

还看见一面不高的墙，白底黑字，是苏步青老先生留给后人的题词。

也看见伟人的全身雕像，与校门在同一轴线上。背着手，傲视穹宇。其实，我觉得他在看自己手书的“复旦大学”四个字。一直就这样看着，风里雨里，寒暑不移。

有些冷，天色变得凝重，似乎有雨要来。在家教部侧面，一间小屋，两个穿了橙色马甲的学生，看护着不多的一些书籍。

信手拿起一本《追风筝的人》（上海人民教育出版社），封面和装帧都不错，推介词写得很美，于是就有了买的欲望。人在欲望面前，自控会降到冰点。一口气抱了《广岛之恋》《一个陌生女人的来信》《美国与中国》《水经注校证》《洛丽塔》。但我知道，这些书，搁在我的书架上，被阅读的命运要取决于我的时间和心情。也许，一生不去翻阅，也许经常被翻开。

体验一把学生生活。一碗面，油腻无味。一个鸡腿，似乎是被酱油和食盐浸泡过。看着这些面颜稚嫩的孩子，一群人，留下的唯有感叹。

灯光使墙壁昏黄，暗淡。撕开塑封的书籍，我把时间送给茨威格和他的《一个陌生女人的来信》。

“就在这最后的一天，我突然果断地感觉到，不待在你身边，我是一定活不下去的。除了你，我想不出别的办法解救自己。我当时心里是怎么想的，在那绝望的时刻我是否还能头脑清楚地进行思考，我永远也说不清楚，可是我突然站了起来，身上还穿着校服，当时我母亲不在家，我到你家门口。不，我不是走过去的，当时我两腿僵硬，浑身哆嗦，是被一种磁石般的魔力驱使到你的门口。我已经对你说过，我自己也不清楚我到底想干什么……”

6

“要想给人的心灵以足够的震撼，命运并不总是需要将所有积蓄的力量都爆发出来，让一件不足挂齿的小事达到摧毁人心的目的，更能激起乖僻命运的强烈渴望。”

这是茨威格七十多年前说的话。

挂在墙体上的这些人物，在后世人的眼里，可谓人中龙凤。黑白照片，足以证明在人生的青年时代，他们不满足生活或者生存现状，离开家、家人和故乡，背负大义，聚集黄浦江畔，时间是在距离我们最近的春秋——民国年间。历史在这个经纬点上，将所有的慷慨毫不吝啬地赐予青年一代，当然，同时也全部呈现给那些不满足现状的、有一定思想和企图改变家国命运的人。

我不是写演讲稿，也不是心得体会，是对一个群体在纷乱岁月里发出的感叹词。比如陈寅恪，一生只有一个复旦公学的文凭，辗转几所大学，对国学、历史学、哲学的贡献，以及对学问的孜孜不倦，迄今与他比肩者寥寥无几；比如，苏步青，穷到无法上学，他的老师为他提供生活费，并支付留学的所有费用……“那是最好的年代，也是最坏的年代”。

这是今早走出复旦校史馆时突兀的、自私的、狭隘的……甚至在有人看来扭曲的想法。

鱼不吃会饿死，猪永远不知道减肥。

一杯水，搁在讲台上，不动；半杯水拿在手里，总会晃动，这是一个适合晃动的时代。讲课的老师偶尔也会“晃动”一下自己的人生履历，PPT 上会冒出与政治家、作家、三流演员的合影。但，肚子里确实有干货。我在问卷表上不假思索地勾了最好。

五点之后的光线暗淡在一家川菜馆里。坐在我对面的这个小女孩，真是我看着长大的。我和他爸爸——老张，从十二岁同学到二十二岁，迄今还在一个小群里回忆着我们的青春年代的。她和我儿子从六岁同学到十八岁。现在已经出落成一个复旦学经济专业的大姑娘。和他爸爸一样，言语不多，但很是认真：叔叔，你吃辣怎样？甜的吃不吃？对这座城市印象如何？我经常去他们几个的平台上听他们唱歌……

孩子们大了，知道心疼人了。我们也该把话语权移交给他们了。

没有大声说话的声音，在楼道里穿梭。我知道他们把自己投身于城市的夜色，或者刷卡、扫微信、扫支付宝，抑或三五成群地在某个灯光暧昧的酒吧里把自己灌个半死，然后摇摇晃晃……

房间静谧，不影响我记录时的孤独。因为，此时，我是一个《追风筝的人》。

7

今早，没有去上课。来的初衷不是要提升知识层级、看经济重心、感受都市节奏……我只想找个安静的地方，美美睡上一周，然后，回到原点。

一本书——《追风筝的人》。昨天夜里开始阅读。起初是消费时间，用来制造睡意。不经意，被巧妙、惊奇、交错的故事情节牵引，一直读到一半，约十二万字。

吃了早点，继续两小时阅读，过三分之二处，停下。坦诚地说：这是这些年阅读经历中最为认真和执着的一本。眼眶潮湿，不是无病呻吟，是阿米尔和哈桑之间的故事，在美国和阿富汗两个不同宗教、文化和意识形态的国度里，被一个高手交替讲述。

风筝自然是一个喻体，不同阅读者可以将它想象成亲情、友情、爱情；也可以上升为正直、善良和诚实。对于阿米尔，风筝是家国、难民，半个世纪的时空交错，无法弥补，又不得不去弥补的伤痛。

“也许每个人心中都有一个自己的风筝，无论它意味着什么，让我们勇敢地追。”

拥有一本书，不在来得迟早，看你怎么去读。通透了，一生受益；夹生，仿佛路人，擦肩而过。书，有时很像爱情，看一眼，过目不忘，一生铭记、刻骨，甚至带入坟墓。

《追风筝的人》——作者：卡勒德·胡赛尼；译者：李继宏。

上海人民出版社，2006 年 5 月第 1 版，2019 年 1 月第 117 次印刷。

是为读书记。

8

“当我回首在非洲的最后岁月，我依稀感到那些没有生命的东西都远远先于我感知到我的离别。那一座座山峦，那一片片森林，那一处处草原，那一道道河流，以及旷野里的风，都知道我们即将分手，大地的景观对我的态度也开始变化了，在那之前，我一直是其中一部分——大地干旱，我就感到自己发烧；草原鲜花怒放，我就感到自己披上了新的盛装。而这会儿大地从我这里分开，往后退着，以便我能看得更清晰，看到它的全貌，山峦在下雨前的一周里，会做出同样的表情……”

这是丹麦女作家凯伦·布里克森《走出非洲》里的一段，辑录于此，结束本次上海之行，同时也结束一段无法忘却的人生历程。

非洲的山峦在她的笔下美到极致，非洲没有欺骗她。致敬凯伦·布里克森，谎言没有迷蒙她的目光。

触摸历史

比我身体更远的远方，也许有，
但我不想在铁鸟或动车的速度里去叨扰它们的宁静。

时光里的六盘山

1

山是六盘山，北宋初年有了这个名字。

之前，人们习惯上称之为陇山。史书里遇见陇山二字，均指横亘在宁夏南部的六盘山脉，也是甘宁两个省区的界山。

沿银平公路向南，出固原市区，过蒙元时期的安西王府旧址，就进入六盘山最柔软的地段。山体由舒缓变得高耸、直立，汽车只能沿着瓦亭河谷一路蜿蜒。早霜光顾之后，野草淡黄，树叶泛红，阳光照着河面，在清晨里闪闪发光。若将视线抬高，你会看见游弋的浓雾，沿着山的曲线，此起彼伏。河谷幽静，山野空茫，牛羊信徒一般匍匐在寂静的坡地上。蓝天、白雾、红叶、黄草、乌青的河水……色彩和光照折射出的明晰，犹如悬挂在墙体上的水彩画。偶尔可见红砖蓝瓦的农家小院，袅袅炊烟，缓慢扩散。除了往来的汽车、正在钻出隧道的列车，以及沿着山体盘旋的高压线，几乎看不见后现代文明的迹象。这座农耕文明与草原文明之间的界山，历史上曾经有过众多民族在这里更迭他们的辉煌，譬如：蚩尤、犬戎、义渠、匈奴、鲜卑、突厥、党项、蒙古、鞑靼等，致使生活在这座山里的人们形成了包容、大度、柔韧、率真的人文禀赋。

隧道没有贯通之前，312国道在山间穿梭，沿盘山道而上，仿佛爬行的蜗牛——缓慢、吃力、气喘吁吁，遇到雪天，更是不敢想象其间的危险和后怕。尽管道路逶迤，但攀爬的同时，也是领略山河壮美的一次享受。享受这个词，被不同的个体在不同的场合或者地域无休止地运用，甚至有些泛滥。但对于翻越六盘山，我实在穷尽了所有的语言来形容她的存在。天地有大美，在每一个过往人的眼里，美的概念被无限延伸，不同的目光，对美的理解自然是不同的。如果我非这座山的子民，且三番五次地与这座山逢晤，绝不会用享受这个词，免得我的赞誉失去了本真。

秋天的阳光一如既往地高悬在幽蓝里，光芒似乎从洪荒年代出发，带着远古的色彩，温暖着这座山里的草木、花朵、村庄、奔跑的动物和来了又去了的人影，并没有因为人类无休止的经济活动影响了谁，错过了谁，整个大地在早上的光照里均匀地呼吸，平等地吸吮草木、河流和人的气息。我确信，国土之上，这样幽静的地域——六盘山不是唯一。此时，比我身体更远的远方，也许有，但我不想在铁鸟或动车的速度里去叨扰它们的宁静，只想坐在盘山而上的某一个拐弯处，独自享受这难得的幽静。如果不是因了这座山的特殊位置——中原王朝与北方少数民族政权的拉锯，一些善于过隐居生活的古人会将这里作为首选。他们有无限大的可能给我们预留一份胜过桃花源的理想之地。譬如，我眼前的这个叫马西坡的村落，婴儿一般依偎在六盘山的怀里：野草绵密、溪水潺潺、树木遮蔽、群蜂飞舞，如果不是漫漶的炊烟和偶尔的几声狗吠，你不会发现有人的足迹往来于此。即便有，也不影响那些喜好流浪的身影，给自己安放一块精神的打坐之地。

山是古老的，只是人为地界定了一个新的名字。树木和野草也是旧有的，没有因为人迹抵达而改变了质地。河流一直沿着最初的方向流淌和吟唱，还有庄稼，总是用春华秋实丰富着我们的肠胃。风让草青了又黄，周而复始。月亮站在山顶，把清辉给了轮回的黑夜。沿着山的轮廓游弋的烟尘，被一双粗糙的大手点燃后，就从未歇息，坚守在牛羊回家的黄昏，与一双筷子和一个蓝边的瓷碗一同走进暮霭。

一切都很安静。只有奔跑的汽车和嘶鸣的火车穿透了时间和岩石。坐在现代文明的厢体里，沿着时间逆流而上，找寻远方，并与远古对话，我们不得不感谢科技的强大。我们在回忆农耕文明闲适的同时，总在抵触甚至谩骂工业文明的喧嚣、污染、毁坏、践踏……但如果没有工业文明的延续，横亘在眼前的这座山，至少需要一天或者更长的时间去登顶。

2

我从未怀疑这座山的精神高度，在西海固众多的山水单元里，她既是绿色的，也是红色的。

曾无数次站在海拔两千八百米的六盘山红军长征纪念馆平台上，俯瞰过苍茫的西海固大地。从母体里淌出的河水，蜿蜒、曲折在草丛、树木和沟壑之间，留下一个个丰盈的村庄；也以一个晚辈的身份数点从这里经过的人们，在历史的经纬点上，留给这座山的文字。

山顶上的纪念碑、纪念馆被中国红包裹；六根顶天立地的功勋柱，承接着来自天体的辉光；秋风里挥舞的红旗，似乎在召唤七十年前那群衣服褴褛的队伍，或者目送他们走向遥远的天地，实现自己的理想和信念。广场上，来自四面八方的人们，用不同的语言抒发着各自的情感和对这座山的敬畏。原本是一座普通的山，因为一首诗、一件事、一个人或者一篇文字，吸引了更多的目光和脚步前来攀爬、瞻仰、凭吊、体验、回味……鸟雀静卧在树梢午休，音响里飘出的红歌，在它们的耳际里，已成为惯常。

天很蓝，似乎多年以前；云很淡，仿佛触手可及。

每一个抵达六盘山的旅人，也许都是沿着《清平乐·六盘山》这首词的脉络，并在词的格律里找寻不同的意境和审美。六盘山还真是一座适合吟诗作赋的山脉：阳春的黛色，盛夏的绿波，深秋的斑斓，寒冬的白雪……四时之景不同，路过的人就有了不同的感叹。在这里，感叹的不仅仅是一代伟人的磅礴大气。如果沿着时间由近及远，晚清谭嗣同的《六盘山转饷谣》，转运着岁月里的孤独和苦难，每一次触目，我总会想起这个铮铮铁汉沉寂在青史里的身影。明朝曾任三边总制的马文升在《秦陇道中》留下了“雁声叫日迷寒渚，枫叶经霜带醉颜”，将初秋的六盘山，红叶满地，层林尽染诠释得淋漓尽致。历史演绎到金，六盘山下，烽燧连天，狼烟四起，但多情的文人总会在战争的间隙植入一段柔软的广告：“霜清玉塞，云飞陇首，风落江皋。”这个叫完颜璹的金国才子，一曲《朝中措》，让六盘山从此飞向胡天。读遍宋词，唯有万俟咏《忆少年·陇首山》里的“上陇首、凝眸天四阔。更一声、寒雁凄切。征书待寄远，有知心明月。”让人心生悲切，长夜难眠。在大唐如海的诗歌里，有陇地生活经历的杜甫，最有资格描写这座山。“渭水逶迤白日净，陇山萧瑟秋云高。”仅此一句，足以印证六盘山的豪壮。

当然了，为这座山留下诗句的不仅仅是他们，还有班彪、卢照龄、王维、王昌龄、岑参、林则徐等等，他们或途经，或驻足，用诗词为这座山植入了深厚的文化基因。

自幼看惯了这座山，常常在夜深人静的冬天，窗外是飞舞的雪花，我会抱着一本泛黄的册页，围着炉火，温一杯本地的糜子酒，在飘散的酒香里感悟古人对一座山的抒怀。

一座山的位置决定了它的历史高度，六盘山亦是如此。地处丝绸之路东段北道上的军事要地和交通咽喉，也是东西方文化交融的十字路口，历代帝王的目光从未远离对这座山的经营。秦昭襄王“筑长城以拒胡”，秦始皇祭拜朝那湫，汉武帝设置安定郡，唐太宗观“马政”，宋夏对峙好水川，成吉思汗陨落六盘山，忽必烈敕封安西王，明王朝设置总制府……战争切割着王朝更迭，山水又焊接着文化流脉。一座山，目睹过英雄的荣誉，也聆听过文人柔软的吟唱。我只是重叠着先人的足迹，找寻文明的火焰，并用文字缝补旧年的伤痕。

3

沿着泾河河谷一路上溯，强烈的光线被浓密的树叶遮蔽，凉爽和温润游走在肌肤之上。云杉、冷杉、落叶松、圆柏、白桦、红桦、箭竹……密匝在河水两岸，犹如虔诚的教徒，信守着承诺。河水出深山，穿过乱石、树身，将澄澈和清明带向遥远的渭河，从而就有了泾渭分明、泾清渭浊被后人争辩。《诗经·谷风》里有“泾以渭浊，湜湜其沚”的句子，正是对当时泾渭水质的描述；《汉书·沟洫志》“泾水一石，其泥数斗”记录了汉时的泾河；成书于南北朝的《梁书》直接用了“清泾浊渭”。可见自《诗经》时代开始，泾渭清浊就引起了文化界、水利界的关注，历代学者诠释它，文人们描摹它，沿袭了数千年，依旧无法给这两条河孰清孰浊一个定论。争论延续至乾隆时期，这个比较好学的帝王在批阅典籍时，对泾渭清浊问题大胆质疑，于是派水利学士胡纪谟考证泾水清浊。胡纪谟在他的《泾水真源记》里写了“无数泉飞大小珠，老龙潭底储冰壶，汪洋千里无尘滓，不到高陵不受污”的诗句，此后，才使泾清渭浊有了定论。我曾在泾河源头的中华龙文化博览园展馆见到这本《泾水真源记》的拓本。隔着白炽灯光，玻璃下的字迹，仿佛泾河一般清晰。

深入腹地的路在岩石、水流、杂草和树木之间蜿蜒。看不见水的姿态，唯有声音在耳畔回旋。时而吼声如雷，如虎啸；时而清脆委婉，似鸟鸣。看不见阳光，鸟雀乱飞，偶尔遇见舔水的豹子，假如有足够的时间，跟着野猪的足迹，你会发现腐烂了的野草莓。如果没有了流水声，森林的宁静，如柔情深处的爱恋，风月无边。驻了足，可听见树木之间呢喃的声音——山体自语，委托树木代言。行走在白桦林里，执意要辨清是梦境还是现实，只好用一支钢笔书写几行文字，文字在树皮上摇曳，一首诗长在一棵树的梦里，梦在延续，行走的脚步无法停留。田园时代的风光，只有在影视镜头里见过，现实版的恬静和更多的神奇，就隐藏在这座山的深处，只是我们的目光或者脚步被懒惰束缚。其实，作为一个喜欢行走的人，我是不愿意涉足那些人迹尚未抵达的地域。一旦有了人迹，就有了喧嚣、破坏和污染，有了更多的欲说不能。

坐在落满树叶的草地上，婆娑在身体上的光线，似乎被撕成了碎片。一抬手，就能够着野果，放进嘴里，不必害怕有毒，先人早已为我们的生命尝过了上千次。一条虹鳟鱼，拇指长，蜷缩在石头缝里，任凭流水划过，静静地，不肯远去。脚在落叶间行走，参照物只有毗邻的树。恍惚之间，太阳已被下沉的夜色收敛，世界一片寂静，只剩下呼吸，与大地对话。

4

行至水穷处，路已经不给脚提供任何舒适。微弱的灯光牵引着我，只好坐在伊斯玛尔的土坯房子里喝茶。他生下来就与这座山不离不弃。高中毕业，便接替了父亲，在这里守护林木。孤独单调的生活，并没有影响他健谈的性格。他不停地说着六盘山，山里跑的马鹿、黄羊、猞猁、林麝……草地里长的当归、秦艽、柴胡、茵陈、七叶一枝花……“前些年，金钱豹不见了，这几年又回来了。晚上常常会听见狼嚎的声音。唉，这些年生态恢复得快，雨水多，河里的鱼多得无数。”伊斯玛尔如同背课文一般，给我讲述着这座山里的动植物，我不敢相信眼前的人，对这座山如此熟知，专业术语和精准的数字，使我有些五体投地。我不是地理学或动植物学的研究者，只是出于对这座山的爱恋，曾周而复始地走进她的腹地，探求其间的秘密，以充实喜好文字的内心。我所有的行走和记录只是一种兴趣，也许还涵盖着让更多人了解、感知这座山的成分，但我拒绝用怜悯和同情的语言，乞求远方那些陌生的目光。

灯光昏暗，绝不影响伊斯玛尔的天才讲述。从成吉思汗屯兵凉殿峡、魏徵梦斩泾河老龙、柳毅传书洞庭湖，到济公成仙岩龄寺，以及著名的民间传说曼苏尔……他像一个说书的艺人，绘声绘色地讲述着发生在这座山里的历史事件和民间传说。事实上，这些有证可考和无据可查的故事，我不止一次地听过。传说总是形而上的，是凄美的，又是圆满的。但这些不受任何物欲左右的传说，在传承人的字里行间完全是不朽的经典。

时间在伊斯玛尔的讲述中走向它的中央，我的睡眠也在他的话语里开始打盹。黑魆魆的夜色笼罩着这座山的轮廓，我以为在这样的色彩里，我会听见饥饿的动物呼喊温饱的声音，但只听到了风过林的涛声。穹顶之上，一望无际的星河，缥缈在神秘和悠远里，仿佛此时无数高低不等、粗细不均的树木。

在六盘山，我听见自己的灵魂与水、与树木、与青了又黄了的野草对话，却无法听清它们对话的内容。我知道我的人生走不出这座山的视线，仿佛一双眼睛盯着我的后背，在我描述她的每一个夜晚。

夹在方志里的一首诗

这个冬天，我阅读的目光大多浸泡在《民国固原县志》这本书里。

读完最后一页，在合上书的那个瞬间，闪现在我眼前的，不是此时被寒冷和苍黄统驭着的西海固群山，群山里那些走动的人影，以及传递在黑暗路途上的声音，而是从书页里走来一位名叫陈玉兰的女人。这个女人，此时正行走在大唐时期江南的一个黄昏，或者是一个有寒风袭来的清晨。黄昏抑或清晨，这样的时间，对于这个女人已经是一种麻木、一种毫无意义的存在。

江南的潮湿和寒冷在她的肌肤上一次又一次地走过，但是，她已经熟悉了这种惯常的寒冷。而真正使她寒冷的不是来自这江南的天气，是来自遥远的西北，一个叫萧关的地方。西北方向吹来的风，走到这里的时候，有些疲惫，有些困乏，于是，这风暂时驻足江南，驻足在这个叫陈玉兰的家里。

一盏孤灯，在昏暗与幽蓝里一闪一闪，此刻，她坐在灯下，长的线，短的针，在她并不细嫩的手指间来回穿梭。棉花是她春天里种的，布也是她刚刚织的，棉和布被针线缝合于一处的时候，温暖和柔软开始融化她冰冷的指尖。欣慰、欣喜、思念、思恋……这些用来描写爱情、亲情的词语，这个时候在她的心里开始翻滚和涌动。

衣服是缝好了，但这衣服在自己的家里只有一夜的时间。因为，明天，不，也许等不到天明，那个骑着瘦马的老邮差就会来敲响她的家门，就会拿走她赶制的衣物。五里一短亭，十里一长亭，一站又一驿，最后停留在一个叫萧关的地方。在这个地方，有一个叫王驾的男人正在渴盼着这衣物的到来。

萧关是个什么样子，具体在什么地方，这个叫陈玉兰的女人实在不清楚。但是，她只知道自己的男人就在这个地方，在这个遥不可及的地方戍边。

戍边，在这里不是一个词，它涵盖着眼泪、分离、思念、伤残、死亡和坟冢，涵盖着一生不得相见，甚至客死他乡……当然了，也可能涵盖着久别重逢，衣锦还乡，荣归故里……

面对一盏孤灯，她这样想着，也这样思念着……甜美和甜蜜从闪烁的灯火里走来，击退了她内心的寒冷，使她暂时走进了温暖和睡梦。

睡梦没有多久，就被人惊醒。她知道那个老邮差此时一定站在她家门前，一句又一句地呼喊着。那声音嘶哑而悠长，在寂静的夜色里传播着一个凄凉的讯息。陈玉兰并没有急着去开门，而是拿了笔墨，在昏黄的灯光下写了一封寄给丈夫的信，然后小心地夹在夜里赶制的衣服里。

寄夫萧关

夫戍萧关妾在吴，西风吹妾妾忧夫。

一行书信千行泪，寒到君边衣到无？

这是一首多么直白又多么感人的诗句。在这个冬天的夜晚，我躺在温暖的被窝里，阅读着关于萧关的历史碎片。在她留给萧关的这二十八个汉字里，每一个汉字，就是一枚冰冷的箭镞。此时，我能感觉到最冷的不是这冬夜，不是飘在窗外的雪，而是从我的眼睛里流淌出来的文字的意境。

萧关：在今宁夏固原一带。也是我生活的地域。秦汉以来，随着朝代的更迭，其关址也在不断地迁移。但是，它迁移的踪迹始终没有离开西海固大地。千百年来，开关的城门诉说着战争的凄楚，关隘上的城垛见证着刀的光与剑的影，穿城而过的马蹄无数次践踏着这块曾经丰腴的土地，直至她被压榨得满目疮痍。

现在，让我们再回到盛世的大唐，回到王驾戍边的萧关。

一群大雁鸣叫着向南而去。一场西风在狂吼的路途上留下寒冷。一场雪在黑暗里将大地封冻。晨钟和暮鼓准点响彻在关隘的城头。这个叫王驾的男人，此时，奔跑在寒冷的长路上，渴望的目光在冰天雪地里搜寻。鹰一样的眼睛，盯的不是打马而来的突厥人，也不是铃声悠悠的驼队，更不是那些等着通关的商贾，他期待的是从南方来的马匹，那里有属于他的温暖和问候。一个清晨，一个黄昏，又一个昏暗的夜晚，属于他的温暖总在渴望中一次次落空。寒冷不是我们常说的幽灵，它总是光明正大地光临这个江南来的士卒，而且使他在半睡半醒当中回想他的江南，回想江南的小桥与流水，回想他的老母与妻儿……他孤寂，任凭北方漫长的冬夜碾碎他的梦境，成为遗憾，成为伤痕，成为牵挂和相思，成为一把锈迹斑斑的铁剑。

其实，在萧关的城头以内，我从发黄的史书里能看见诸多表情不一的面孔：酒肆里喝醉的商人、失魂落魄的诗人、面无任何情趣的行者、牵着羊走路的当地人、长发飘逸的书生、一脸横肉的屠户……这些嘈杂与喧闹组成了他生活的场景，日复一日，他渴盼的目光常常与这些熟悉的身影擦肩而过，而他，也成了他们生活场景里一个无法躲避的组成部分。

所有的故事都会有一个完美的结局，即使悲剧色彩浓烈，也会被传说感染。

属于王驾的衣服是否穿在了他的身上，这个我没有亲眼看到，当然也不可能看到。但我相信确有一个叫王驾的人曾戍边萧关，确有一个叫陈玉兰的女人写过一首《寄夫萧关》的千古绝唱，最终留在了唐诗里，留在了西海固大地，留在了《民国固原县志》，留在了这个冬天我的阅读里。

平原上的眼睛

1

再一次走近沙湖，是冬天，正值暮色四合。刚才还看见残存在贺兰山巅的那一抹红晕，此时，已被夜色吞噬，只留下黛青色的苍茫。

我来沙湖的前一天，一场不大不小的雪，曾光顾了宁夏平原，因此，湖面上只留下一片洁净。到这里，并不是要看雪色或雪色之后的沙湖，而是参加一个并没有多少收益的会议。这个季节，会议的组织者将会议的地点安放在这里，在我看来并非匠心独具，而是有些大家都明了的秘密。之前曾来过沙湖，那时的沙湖，仿若一个蹒跚学步的孩子，整个面容写满了青涩和稚嫩，商业的烟火似乎还隐藏在人们看不见的地方。而现在，这片洒满湖光与沙色的地域，已出落成了一个妖艳、妩媚、丰满、性感的女子，在人来人往的风尘里，尽情地张扬和裸露着自己的骨感，期待更多的目光，将自己的肌肤从强烈燃烧的火焰里扶起。事实上，这种完美的期待，被这个叫沙湖的女子，在这块地域上演绎得淋漓尽致，甚至到了炉火纯青的境界。

因了久居山里的缘由吧，我从一睁眼，看见的就是层层叠叠的山，它们一路远去，没有尽头，因而，对于水，有种天生的渴盼和爱恋。坦诚地说，我第一次看见偌大的、浩渺的水域，是在沙湖。以至于在以后的日子里，但凡走过的地方，特别是与水有关的地方，总会出现在我的镜头或文字里。偶尔，翻看旧文的时候，总会站在地图前，找寻地图上那个被色彩的线条界定的圆点，盯着那个圆点，回味那时候与水有关的景致。

当水变成了另外一种形式——冰或者雪，出现在我面前的时候，我并没有因为她失去了原始的柔软而远离她，逃避她。相反，当我站在不期而遇的冬天的湖面前，思想就如同此时湖面上的冰，凝固成坚硬和单纯。在这里，这样的一片晶莹剔透的白，耀眼的白，没有任何杂质任何欲望的白，毫不吝啬地收留了我不断奔跑的忙碌，收藏了那些纠结又纷繁的世事。

2

晚饭之后，这些从四面八方赶来开会的人，开始相互发着象征着身份的纸片。在纸片里认识，又相互寻找机会，寻找可以利用的机会而去了需要的地方，比如这里的保龄球馆、游泳池、会所、KTV 等等一些时尚的场所。在这些场所里，他们可以大胆地推销、演绎、张扬自命不凡的才华，以此博得掌声和铭记，好在以后的仕途或财路上相互吹捧，相互利用。我的秉性注定了我的孤独和忧郁，总是躲避和远离着敷衍与喧哗，这样的“圈子”，我是挤不进去的，哪怕使出浑身解数。

和往常一样，总是要在晚饭后散步的。于是，沿着湖岸，在步履里释放无限大的想象。

毫无疑问，这是宁夏平原上众多湖泊中最美的一座了。高山、平原、湖水、沙漠、芦苇、水鸟……这些原本就在这里存在了上万年的自然事物，在旅游这个铺天盖地的名词尚未到达这里之前，它们固守着各自的秘密，并在这些秘密里衍生着平衡和互补。然而，随着经济活动的海拔在无休止地长高，伴随而来的净是商业的烟尘，它可以弥散到任何一个地方，沙湖也就是在这样的一种氛围中被人们发现。从青涩到丰满，一路走来，人们也追随着她的美一路走来，领略她的风姿与神奇，然后留下大片的惊叹，大声地惊叫，最主要的还有工业的腐蚀和污染。

这样走着，又胡乱地想着。偶尔也会听见夜色里往来的汽笛声，汽笛之后忽明忽暗的灯光，以及灯光之后留下的瞬间黑暗。目光稍微向西一侧，也能看见远处贺兰山的轮廓。至于沿湖的那些宾馆、度假村、休闲场所里发出的色彩，我是不会去关注的。我知道，这些色彩距离我很远，我的生活与这些光线无关。而这些闪烁在大地之上繁华的光线，与远处被黑暗笼罩着的贺兰山是无法比拟的。它们只是大地之上一闪即逝的过客，随着湖水的荡漾而存在。有一天，湖水消失了，灯的光晕与浮华也将渐次湮灭，这绝非我的杞人忧天或者危言耸听。曾经无限风光、无限神秘的罗布泊，现在只是地图上的一个符号；美丽的艾丁湖，在吐鲁番盆地的沙漠里如一滴眼泪；被油菜花掩映的青海湖，在那些红衣喇嘛崇敬的等身长礼里日渐萎缩；充满神奇的九寨沟，那些安静了上万年的澄澈与剔透，在越来越多的人的呼吸里开始消瘦……而我眼前的沙湖，谁能保证她的寿命？大地原本是安静的、平衡的，一旦有了人的目光、声音和履痕，忧伤不再遥远。

也许我是一个消极主义者。在我看来，越来越火爆的旅游产业，在某种程度上就是人类对大地的掠夺和宰割。之后，在大地之上，拥有话语权的人们，又开始在无数的字里行间留下遗憾、惋惜、痛斥和谩骂。

但愿我的消极不是多余。

3

月亮从东边的鄂尔多斯台地上缓慢地升了起来。这应该说是一年中第十一个满月了，再有一次丰满和圆润，它就结束了自己一年中的使命。其实，时间对于月光是缓慢的，是没有多少意义的。它的升起和落下，不会对奔跑在物欲长途上的人们造成任何影响。

用来休憩的木质长凳孤独在湖边，就像现在的我。轻轻地拂去雪融之后留在长凳上的灰尘，静静地坐在洒满月光的湖岸，感受晶蓝而空阔的苍穹，感受深邃而静谧的大地。

热闹了一个春天，一个夏天，又一个秋天的湖水，这时候把自己藏在月光之下，冰雪之下。月光落在湖面上，与雪色融为一体，分不清哪是月光，哪是雪色。一根枯黄的芦苇，静默在冰面之上，没有风，月光使它的影子更加单薄清瘦，而扎在冰面之下，扎在湖水之下的根须，我不敢想象它此时所承受的寒冷。真的，我不敢想象，我知道这时候，它的身体失去了华丽，失去了春夏时间的妩媚，但它的根和骨髓依然活着，蕴含生命的精华，期待下一次绽放。

当我浸泡在月色与雪色交融的清辉里，那首《在那东山顶上》从不远处的会所里悠悠响起，在夜的沉浸里飘了过来。

写这首诗的人叫仓央嘉措，藏传佛教里的六世达赖。这几年，关于他的身世、他的歌以及他的书到处流传。

每一次，遇见仓央嘉措的诗文，在阅读的过程中，我总会在心里感念，感念三百年前落在拉萨街头的那一场雪。如果没有那一场雪，也许仓央嘉措只是坐在佛禅上的一个喇嘛，而不是今天令人敬仰的诗人。在政治、宗教、权术与阴谋的纠缠里，年轻的仓央嘉措决然遁去，从雪域高原出发，游历了印度、尼泊尔、蒙古之后，这个伟大的门巴诗人，将自己的肉身灵塔安顿在了贺兰山西麓的一条山谷当中。

如果真有灵魂存在，我不知道此时沉睡在贺兰山里的仓央嘉措，是否听见了这动人的旋律？他是不是端坐在某个山头，瞅着东边鄂尔多斯山地上升起的白色月亮，聆听这首原本属于自己的诗歌。

旋律在夜色中遥远，诗文在浪漫里凄美。相见之后的相恋，熬煎的不仅仅是仓央嘉措，还有后世无数的男女。

起风了，寒冷袭来，我当回去，回到今天夜里，暂时属于我的那间房子。如此鲜活的月色本不属于我，应当属于那个既有宗教的神圣、政治的诡谲、爱情的凄美，却又命运无常的仓央嘉措。我只能面对这样的月色，留下无数的静谧与惆怅。

4

沙湖就在我的眼前，并不遥远。

月光也不遥远，就挂在我一抬头的地方。只要我愿意，便可虚构和幻化许多与月亮有关的场景、传说、诗歌的意境来丰富心灵。

搬了房间里柔软的沙发，置于这座临湖而建的宾馆的露台上。关了房间里所有的灯，让月光流泻于屋内。月光是清冷的，湖水是清冷的，当然我的一些想象也是清冷的。这些年，清冷一直追随着我，坚持用清冷解构白天里一些纠缠不清的繁复。这种坚持与清高无关，与生活无关，与孤独有关。

斜躺在沙发上，没有热度的月光朦胧在眼前。一根烟在我的手指间缓慢燃烧，在燃烧的想象和虚构里，看这一地月光，挥洒在这个最为疲惫的冬天。

曲终人散，是他们的声音破坏了来自沙湖的宁静，闯入月光下我的想象和虚构。我无法留下这短暂的无奈，只好从旷远和清冷里，收回所有的虚构。

看岩画

去看岩画，在冬天萧瑟的风里，在贺兰山的一侧。

大小不等的石头，以追逐、叠加的姿态裸露于荒寒。一千年，一万年，仰望着空洞和浩瀚。我知道在贺兰山，过往的人迹，遗留在石头的色彩和线条里，只是一个转瞬；鸟的啁啾，鹰的飞翔，马的奔跑，狼的嚎叫，以及昼夜赶路的风，遇见石头，总显得那么羸弱和不堪一击。

风从西边来，裹着冰雪的气息，穿过我身体上的化纤、棉麻、皮革之后，停留在肌肤之上。两种不同温度的气息，在交织，在撕扯。但我的身体是肉长的，我用自己不断上升的肉体的温度，驱赶着寒冷——正在走向骨髓的寒冷。

风没有轨迹，四处奔跑。而此时矗立在风里的岩羊，却固守着一生的承诺。自从出生，就从未离开这座山的母体。我看见它的时候，它的目光茫然在两块石头中间，那目光说不上是温顺，也说不上是窥视，褐红色的皮毛，抖动在下午还算明朗的光照里。我知道，岩羊是这座山的守护者，升起或落下的日月星辰，在它的眼里，只是一个轮回，而更迭的风花与雪月，才是它生活的斑斓。

我如一块丑陋的顽石，蹲在沙砾散乱的路边，企图用目光与岩羊交流。突然，一辆越野从我的眼前奔驰而过，扬起的尘埃暂时模糊了我的视线，等我再次睁开眼睛，岩羊已不知去向。我的表情变得木讷，刻在石头上的岩画看见我的尴尬，无异于一截干枯的树桩，等待挖掘、镂刻，变成被膜拜或观赏的木雕。

把希冀、奢望、生活、忧郁、快乐、自然现象、劳动场所……凿刻在石头上，人类有意或无意的一次“嬉闹”，给后人留下了意义深远的考量和研究。这是我第一次面对这些无法言语的图像时，突兀的个体思想。

一块褐红色的石头，悬于半空。凹凸不平的石面上，一只鹿，线条分明。鹿角攀缘如树枝，腰部苗条，肚子干瘪，四蹄悬空，似乎身后被什么追赶。仰望，我总是担心在某个雷雨或者沙尘的夜晚，这块悬着的石头会离开母体，滚落一地碎石。而这只活了上万年的鹿，随着石头的滚动，身体被肢解，生命终结。我不知道这是否是杞人忧天，或者一厢情愿的想象。但我确实这样想了，也不知道当初给石头上画画的人，是不是和我有过不谋而合的想象？

人类给它册封了一个伟大的名字——太阳神。我很多次从这块岩画的不远处走过，每一次，只能远远地看看，不敢靠近。它是太阳——光芒万丈的太阳，给予大地上万物生长和生命的光源体。我怕靠近之后，我的身体瞬间化为灰烬，然后被风吹落一地；我不敢瞩目，因为它是神，主宰生命的神，只有敬畏和膜拜。其实，我每天都会和这尊神相遇。在我寄居的城市，有一所宾馆，沿用了太阳神的名字。每一个清晨或者傍晚，我从太阳神的边上走过，看见那些出出进进的人们，衣冠整洁，行色匆匆，仿佛香客。来了，用金钱偿还承诺；走了，带上诸多祈愿。就如同现在的我，面对一幅不能说话的石刻，没有留下任何足迹。

类人首——这名字似乎来自洪荒年间。一张造型奇特的人头，在青灰色的石头表面，俯视着这里的一切。有多少年，不得而知，但我知道，自从他被后人定格在这座山的脊梁之上，身只影单，就再也没有离开。此时，我站在先祖的画像面前，用目光抚摸他斑驳、老迈而沧桑的脸。没有纹路，没有血脉，没有色泽，但我知道他的这张脸曾记录过久远，正记录着现在，还要记录将来；这张似人非人的脸，孤独在这些坚硬的石头中间，正散发着某种灵异和神秘，像是一个具象的却又缥缈的神灵，在他面前，我的到来只是佛语里的一个刹那。不仅仅是我，还有这些一年一度的草木、来了又去了的牛羊、飘落又融化的雪片、急匆匆赶路的风……

这是一只史前女人的手——粗粝、结实地覆盖着一整块石头。如果将目光回溯到雕刻岩画的那个时代、那个人，也许他想把自己心爱的女人的手呈现给所有人，做到路人皆知；也许这个女人曾用自己的手拯救过整个部落，或延续过一些人的生命长度，才享受到如此荣光；也许雕刻者以为人体最为重要的是手，手创造了一切，理应作为一种被膜拜的图腾……也许的结果诸多，这仅仅是我个人的逼仄想象。但不管是何种可能，这只手，裸露在这里，被敬仰、描摹、拍照、研究、揣度……对于现实的人，都是为了回到那个洪荒年代的时间里，梦幻一般的时间里。

来过多少次，目睹过多少幅岩画，全然没有记忆。但这幅狩猎图还是第一次遇见。清晰。精致。细密。宏大。给人留下很多想象的空间。那个骑在马上，手拿制杖的人，盛气凌人又目空一切；那个跟在他身后的麋鹿抑或是岩羊，一副被征服样子——温顺，柔软，仰望着高大的人。人——万物之神。万物之王。万物之主宰者、拯救者。万物的屠戮者。

沿着这条河谷，翻过去就是蒙古高原。我相信蒙古人的马蹄一定践踏过这里的石头和河流。而我刚刚看见的这幅渺小的、被野火熏黑的岩画——一匹孤独的马。这匹马，一定目睹和见证过游牧文化与农耕文化厮杀、碰撞、融合的时段。它站在路旁，并不显眼。此时，马的后半身被冰覆盖。我蹲下，捡起一块石头，敲击冰盖，还原马的全部。在我敲击冰块的瞬间，质疑这些岩画产生的过程。被史学家判定的史前文明里，金属尚未出现，面对如此坚硬的石头，他们用什么样的工具来表现自己的敬仰？

风突如其来。云层笼罩。夜幕开始漫漶。我坐在寂静里，看缓慢上升的灯火。灯火遥远，影影绰绰。三番五次地来；周而复始地记录。在这些岩画面前，我是不是一个信徒？这样暗自思考，一片雪花落在我的脸上。微凉。这微凉让我感到失落和沮丧。原本想在这空旷和黑暗里陪寥落的岩画睡上一宿，听听它们与星光、黑夜对话。无奈，只好沿原道折返。

无法聆听，不是岩画的过错。

须弥山记

1

站在须弥山的南面，时近黄昏。日头如一张少女的脸，潮红渐次退落，节奏不怎么明快，在较远的松树梢上静止了片刻，才慢慢被泛黄的针叶吞噬到看不见的地方。因为立于山巅，太阳与我一般高远，仿如六月里熟透的杏子，一触即落。但又不肯离去，架于两山之间，依恋着生命的辉煌。落日自然是有生命的。时至暮秋，但落日的余晖还是从不朽的石缝中挤出，金光四散。我呆滞地盯着那辉煌的石头，完全沉浸于这将要结束的美。草，被晚霜扼杀，而石头岿然不动。西海固的秋天确有力度，寒冷让死亡更加寒冷，让石头呈现出更为厚重的沧桑感、抽象感。死亡是美丽的，就像这即将沉沦的落日，穿过时空、穹宇，穿过乱石雕刻的佛的眼睛，沿着生命曲线勾勒的步履，走过一片辉煌之后，最后走进混沌和黑暗。生，自然因为死亡的存在，才显得伟大，更值得珍惜。站在中国北部深秋的石头上，我看见死亡与生存的博大深沉。

石窟的石崖上，有一棵经年的柳树，造型奇特，在沧桑中张扬着生命。因为很少的几枝绿绦撩拨着人的眼睛，几枝向上的绿绦象征性地展示着生命的存在，更多的则是干枯。它的身躯上爬满了陈旧的青苔，掩映去了那些被风雨剥蚀的粗皮。掩去的当然不只是它的表面，更多的是它青春的一生。肯定有人看见过它的少年、青年时代，但是它花枝招展的诱人时代，依旧远去在人们的想象和回忆里。因为它曾经真实地存在着，展现着。不信，你看那里有人走过的足迹。或许有人用它的枝条做成柳笛，吹过爱情的谣曲，吹过忧伤的牧歌。这时是黄昏，昼与夜的缝线刚刚弥合，石窟中已没有多少足迹走动，敬仰它的人开始远行，熟悉它的虫鸟也在准备迁徙和冬眠。夜色向黑暗深处滑行，潮湿与清冷并肩而来，我有点空落和后怕的感觉。落日完全散尽，枯柳只一截影子。一切一闪而逝。

落日的光线最终挣脱石头的夹缝在那儿闪了闪，就彻底不见了。天显得空寥、庞大，更为清冷。失去了新鲜的阳光，石头和枯柳一下子变得模糊不清。只有枯树上那一丁点绿色，预示着生命再一次来临，让我记起一些古旧的被遗忘的东西。风已遁逃，喧嚣被封存，四周静得只能听见自己的呼吸。这时候，石窟里的佛像才显得珍贵了，因为，在我周围，是现实存在的曾热闹过的幻化中的一群缄默的生命。此时，也包括我。

2

从大佛楼到桃花洞有一段距离，中间要经过一条沟。去桃花洞，我想听一听关于桃花仙子经典爱情的传说。这条沟里留下人的足迹不怎么多，大概是路上长满了石头和荒草。我想一个更为重要的原因是桃花仙子已悠然远去，无引人之处，自然就门前冷落了。这沟里大多长着冰草，能掩住人的脚踝，甚至更高一些，踩在上面软绵绵的，像在地毯上行走。月光不太清晰地洒在上面，衰败的冰草在冰冷的石头上留下一片苍黄，让人生出一股冷意。这里的草是无人收割的，它们轮回着一年一度的青春。有些草会被冬天的风卷起，飘向沟外，被牲灵们咀嚼；有些则不然，一生静在这里，与石头为伴。我从沟底走过，露出半个脸的月亮很羞涩地照着我。有风沿着沟谷在我的身后响起，似乎是从久远的洪荒年代出发，又像在很近的地方。我孤单的影子落在草上、石头上，而这现实的风声就响在耳畔，剩下的一切好像完全缄默了。月光水一样从我身上流泻，我有一种洗掉污垢的轻松感，在草丛间流转，在石头间移动。我能感受到眼前的全部：活着的石头，走向死亡的冰草，悬在身后的月亮……然而，我的身体还是被风包围着。

走进桃花洞，才发觉鞋已湿漉漉的，冰草上的露水使脚变得冰凉。风很大，在幽黑的洞内，我听到风过林的声音，沿着月光望出去，松林、冰草不停地摇曳着，夜色在晃动，月光也在晃动，我淡忘了自己，我为眼前这种自然姿态所着迷，感到一种抽象的美，寂寞而肃穆的美。

3

圆光寺静卧在须弥山的北面。通往那里的一段土路很干涩。正值深秋，没有多少云雨的天空，黄色的尘土和落叶在风中自由飘浮，像被人催赶似的。沿着这条土路而行，接近寺院时，我被一团耀眼的黄色震住了，是在不经意间。说是一团黄色，是很准确的。我首先是被一团黄色吸引，有意去接近，才发觉是朵看上去绽放不久的花，是野菊花。野菊花生于石头与冰草之间，石头抽象地红着，冰草早已枯萎，野菊就显得很高，好像是唯一能诱惑人眼的景致。那朵野菊孤单地绽放着，夹在两块不大的石头中间，它的茎与叶开始变黄，花朵不及硬币大，鲜艳，醒目。在这个百花收尽的季节，缀在干草与石头丛中的那朵野菊花自然惹人喜爱。我将双脚停留在它的肢体前，发觉它像被一股清纯的水洗涤过，水灵灵，满含清洁的潮湿感，不大的花瓣上纤尘不染，花朵精神地喷薄着自己，濡染眼睛的黄色也带着新鲜和干净。我蹲下来，那朵花距我更近，那朵不蒙尘埃兀自开放的花朵那么美而生动，在我身边是苍老的石头和衰败的枯草，一股孤独凄美的感觉从我心底涌动。

这时，阳光很美，天气很好，心情也像这天气一样暖融融的，脸上浮动着野菊般的微笑。但凡我眼睛能看到的地方都是那样新鲜美好，包括那些存在了上千年的佛像。我很自然地让自己沉浸在这秋天洁净的安静里。我不是僧侣道人，不可能如这菊花一样纤尘不染，我只好缄默，缄默于这静谧。阳光落在身上，没有热度，洁净透明的光线还是被心灵接受了，使整个内心都明亮起来，我该感谢这秋天里最后一朵野菊花。

身边这条河

身边这条河叫黄河。

上小学的时候，教室的墙上挂着一幅中国地图，我会时不时地踩在板凳上，看着这条蓝色的长线仿佛一个巨大的“几”字，镶嵌在中国北部的版图上。那时就对这条河的名字琢磨不透，为什么叫黄河，为什么不叫蓝河、绿河、红河？日积月累，阅读相关史料，关于她的名字就越来越清晰。上古时期，这条河河面宽阔，水量充沛，流水清澈，但并不叫黄河。《说文解字》只用了一个简单的河字；《山海经》里给河的后面又加了一个水，即称之为河水；《水经注》中注释为上河；《尚书》里又叫她九河；司马迁在他的巨著《史记》中称之为大河；而《汉书·西域传》中又称为中国河。是的，她安静地流淌在中国大地上，叫中国河是理所当然的。然而，这条河就如同她的河道一样，不断地改道，又不断地改换着自己的名字。到了唐宋以后，河水中的泥沙日渐增多，有人称她浊河、黄河。

黄河——一个很直观很形象的名字，一直被人们沿用至今。

我曾在青藏高原的边缘地带见过这条河的雏形，晶莹剔透、玲珑欢快、不急不躁地行进在草地上。在兰州，在兰州那条有名的铁桥上俯瞰穿城而过的河水，清澈早已遁逃，只留下一个“黄”字，在城市的楼宇间流淌。当然了，我也没有忘记去看那座著名的黄河雕塑。这座黄河母亲雕塑，在众多来往的脚步里纹丝不动，她的目光眺望着远方，匍匐在她怀里的婴儿，贪婪地吸吮着来自母体的乳汁。我知道母亲曾经饱满的乳房已经被这个婴儿吸吮得差不多了，很多人争着抢着和我们的母亲拍照。而我，摸了摸母亲的肌肤，她的肌肤明显干裂粗糙，没有了水分，没有了光滑，没有了温润。在内蒙古的河套平原，向东的汽车似乎在追逐向东的河水。两岸的葵花映于夕阳晚照里的河面上，河水在动，葵花也在动，此处断然想起“黄河百害，唯富一套”。曾去青岛，列车在陇海线上奔驰，一个河南老乡指着远处的河堤对我说，看见了吗？那就是黄河，她一旦决堤，开封将是第一个被淹的城市。在火车的速度里，我没有看见奔流的黄河，但我听见了有关黄河的话题。有一年，出差山东，办完事以后，我曾委婉地要求客户陪我去看看入海处的黄河，客户大着嗓子在酒精弥散的氛围里说，那有什么好看的，除了渺茫和宽阔，你根本分不出哪是河哪是海，没有什么可看的。我只能在客户的语言里想象那渺茫、那宽阔。

事实上，关于黄河，我曾无数次地在宁夏平原上目睹她的容颜和风采。从我寄身的这个公司出门向东，到黄河岸边也就三公里左右。只要我愿意，我会在任何一个周末步行去看她，骑自行车去看她，抑或坐着车去看她。

夏天，宁夏平原的天蓝得出奇。没有风，没有云，只有密密匝匝的玉米张扬着绿色。正是灌浆的季节，我穿过这田地的时候，白色的T恤上沾满了黄色的花粉。这时候，与玉米为邻的还有刚刚灌过水的稻子，稻子被水浸泡着，白中透亮，亮中泛绿，偶尔会看见水鸟在其间飞起又落下……

玉米、水稻、水鸟……它们生长、生活在这片地域上是幸福的，是奢侈的，奢侈得让我产生嫉妒之意。我嫉妒这河怎么就不曾流过我的故土？

终于站在这条河的岸边了。平稳、舒缓、温婉，没有浪涛，没有声响，更没有“卷起千堆雪”的气度。我知道流过了高原，流过了峡谷，走到这里，这条河似乎累了，疲惫了，需要休息，需要积蓄力量，准备下一个行程。

躺在黄河岸边，已经不是一两次了。每一次看见的河似乎都与上一次不同，河在变细、变窄，变得不及从前。两千五百年前，那个坐着牛车看黄河的圣人，当他站在黄河岸边，面对宽阔的河面发出了“逝者如斯夫，不舍昼夜”的感叹。他的感叹里含着哲学的范畴，当然了，河水与哲学无关，河水也不会因为哲人的感叹，上升到哲学的高度和宽度。一千年前，那个叫王维的大唐诗人在宁夏中卫一带留下了“大漠孤烟直，长河落日圆”的不朽诗句。诗人的情感总是丰富的，让多少后来者追慕和想象。七十年前，一个叫冼星海的人骑着毛驴在陕晋峡谷前，目睹这条河。那时，这条河在音乐家的眼里、耳里、手指间化成巨大的音符，咆哮的河水裹挟着一个民族的愤怒……关于这条河，有太多的赞美、描述和哀叹。我不知道，这些在历史上有作为的哲人、诗人、画家、音乐家，现在面对这条河时，能否留下当初的声音？

这个在黄河岸边摆摊的老人，我每次来都要和他聊上一会儿，更多的话题是关于这条河。他说自己小的时候，河水很宽，自己只能游到一半就要折回来，生怕被淹死。现在呢，一个胳膊肘高的娃娃都能游一个往返，河水也比他小时候浑多了，鱼也比以前少了，小了。那时河滩上苇子、野草长得密实，到处都是水鸟下的蛋，人钻到里面根本看不见。你看看，现在，苇子稀稀拉拉，野草几乎都没有了，水鸟只是偶尔来了又去了。

对于一个外来者，我只是见过书本上的黄河，阅读和聆听过文字里、诗词里、歌曲里的黄河。河流肯定比人的历史久远，我真正看见她的时候，她流淌了多少年，又有多少村庄、多少人择这条河生息繁衍？人总是在路上，不经意一生就结束了，而河呢？自己的生命总在自己的血液里流淌，疼痛也只有自己能够感觉到。枯竭的那个时刻，只有人能够看见，河本身是看不见自己身体的死亡。

我依然躺在黄河岸边。

看着远去的河水，缓慢，悠长，又似乎不想离去。尽管河水很浑、很黄，被新兴的工业文明糟践得日渐消瘦……污染、排放、断流在她的身上不断上演，但她总以宁静的方式喂养着流经地域的富庶和繁华。

太阳开始悄无声息地下落，大地一片霞光，河面一片霞光，眼前全是霞光一片。向黄昏，长河落日圆。落日总是那样圆，亘古不变。而长河呢，也会亘古不变吗？显然这只是一句从唐朝走来的诗句，唐朝早已远去，诗句依旧被传承，但诗句中的长河明显已经没有诗句产生时那样长了。

我当离开，离开这条让我产生诸多思绪的河流。我离开时，那个摆摊的老人依旧独守着他的货摊，当然也独守着这条河。我觉得这河和此时的老人一样，相互守望着。

贺兰山叙事

1

心情很好，一切都和那一天的天空一样澄明。自行车在下山的砂石路上诠释着一个物理名词——加速度。路两边的树木在自行车的速度里后退，猛的一个转弯，挂在山岩上的阳光，闪烁出的碎片，刺得人不敢睁眼。捏闸的那个瞬间，似乎能感觉到人和车都要飞了出去，惊魂一般的叫声，扰乱了掩藏于山林里麻雀们休憩的秩序，它们整齐地从头顶飞过，只留下和我同样的惊叫。坐在身后的那个女子本能地拽了一下我的衣摆，彼时，我完全能够想象出呈现在她脸上的色彩。

惊心动魄的一幕，在以后骑自行车的记忆里永远处于忐忑状态。

那一刻，大脑还算是冷静的，没有被突如其来的“祸事”左右，人和车在惯性的作用下，缓慢着地。现在回想，轻狂这个词似乎就是给青春年少量身打造的，不然苏东坡也不会有“老夫聊发少年狂”的句子。

其实，那是一次放飞翅膀的集体出行，似乎谈不上旅游，但绝对存在着一种私密和想象，对于这些刚刚结束了青春期的男女。目的地在贺兰山东麓，一个叫苏峪口的地方。清晨的微凉刚刚退去，太阳还在树梢上、山崖上、岩缝里打着转转，原本属于山体的宁静被一些喊声、歌声、笑声打破。喧哗存在了不到三十分钟，三十多个男女很自然、很和谐地相互散开。有距离三五步的，有距离几十米的，有假装不识花草的，有激情澎湃的，有滔滔不绝的，也有站在高处指点江山的……我是第一次走进这座山，就被刻在岩石上的一些图像和图腾征服。那时候，只有好奇，没有思索，但是在我们先人留下的岩画面前，我还是发出了大声地感叹。

原本是来这座被蒙古人称作骏马的山里，能像马一样快乐地奔跑。然而，前蹄刚刚展开，后蹄就有些力不从心，所有的欲望被山的博大征服。在将要结束的行程里，我努力地寻找着心中的马儿，属于我的想象和目光是徒劳的。站在一块巨石上，张望四野，四野茫然，我比此时的四野更加茫然，因为我不知道我要追寻的马儿是什么样子。

一个人茫然在一棵开花的树前。那个养花的人说，正在开花的树叫铁树。千年的铁树开了花。我的小脚奶奶曾对我讲过关于铁树开花的故事。一个人一生能见到铁树开花，是一件多么幸运的事情！于是，站在铁树前，拍了好几张照片。

从贺兰山回来的那天夜里，我梦见站在我身旁的铁树变换成了一个女子，但是我怎么也看不清这个女子的面容。就那么一瞬，树和这个女子又变成了两片白云，漫散在空阔的天宇里，飘移不知所终。

多年之后，我在整理一些书籍的时候，看见夹在书里的我。头发纷乱，双眼迷离，表情呆滞，似乎有些营养不良。红色的背心，蓝色的裤子，一点也看不出激情的红色与宽广的蓝色带给我诸多的欢快，更多的则是犹豫和孤独。但我觉得，那时的我更像一个愣娃。

二十年前的事情了。二十年里，有多少故事在这些人的身体周围发生、演绎、变化，又被多少人遗忘。有一天，我得到了一个QQ群号，迫不及待地加入。看着这些熟悉的名字，聚集在这里，相互问着过往和现在，便有些激动。此夜，这座城市里下起了很少有的一场雨，雨声敲打着我的睡眠，睡眠被那次青春之旅纠缠。在一根烟头的忽明忽暗里，那些被定格在青春记忆里的脸颊也日渐清晰起来。

2

贺兰山，宁夏内蒙古两个自治区的界山。山的东麓，黄河浇灌着农耕文明；山的那一面，秋草养肥了游牧文化。

桃花在四月的风里终于烂漫了贺兰山东麓的荒野。四个男人，没有交到一丁点桃花运，反而被三十瓶西夏啤酒击倒。他们躺着，满眼里是天的空茫和湛蓝。风轻拂着，随风而去的不仅仅有挥发的酒精，还有比酒精更为浓烈的语言。我睁着双眼，在缄默中静听。多年之前，我们在老家破旧的教室里，为一道几何题的几种解法，争得面红耳赤，现在躺在这里的人，身份均有了变化。比如，在外人面前，他们两个被称作王总、贺总，他被称作雒队。而我，那时候刚刚有了两个新的身份——下岗职工和省级作协会员。因此，在他们面前，我有一种莫可名状的自卑和失落，不敢多语。

和我个头一般高的贺总，谈到兴奋处，突然坐了起来，向众人规划着他公司的五年计划。我清晰地记得，一副娃娃脸的他，在这个时候异常严肃地说，钱没有在我们家，但钱正在来我们家的路上。在我的记忆中，他永远是一个不说假话的人，我羡慕他关于钱的经典说词。

而我在他们中间，显得那么轻，那么单薄。四月的暖风不止一次从我的面前吹过，但是，我依然能感受到来自后背的寒冷。终于轮到我说话了，他们问《白鹿原》和《平凡的世界》哪个写得好。我觉得这时候的我，就像一部小说的开头，主人公在缓慢中开始登场了。我滔滔不绝地浅析着自己的见解，讲到高潮处，没有任何人回应，这时候，我才发现他们早已猪一般睡在桃花树下，唯一聆听我的，只有王总那辆挂着鲁S牌照的桑塔纳3000。自尊在这个时候，被欺辱得一无是处。我想对着天空大骂，骂谁呢？我不知道。

三个月之后，我重新回到了养我的那片土地。白天我在一家不大不小的公司里写着一些无关紧要的公文；晚上，我在电脑前用文学的语言翻译着我的生存状态和生活经历。今年，春暖花开的时节，我给我们的贺总打电话相邀一同再爬贺兰山。他说开了三个工地，哪有时间爬山！

3

我再度来到这座城市乞讨生活，已经是离开这里十五年以后的事情了。处理完一些惯常的琐事之后，我会站在五楼的窗前，看这座山一天里、一年里的变化。苍茫，巍峨，冷峻，柔软……这些词语会沿着我的眼线南北散开，一直蜿蜒到眼睛看不见的地方。有时候，我的目光会停留在山的某一点，思绪也停留在那里，突兀地想起一些人的背影，他们——此刻在干些什么？当然这种想法，在我的脑海里不会停留多长时间。有时候我会笑着对自己说，不要多情于这种无聊的杞人忧天。

去年，秋天行将结束的时候，我把自己装扮成一个爱好运动的人。自行车沿着这座城市里最为宽阔的街道一路向西，路的终点，便是这座山的起点。黄叶飘落，自由缓慢，没有凄凉，更多的是一种空旷和豁达。只因是一个人的独行，这一次，关于这座山，存留在记忆里的物象从容而清晰。

云层在山的腰部漫游，阳光被阻隔，天显得有些厚重。轻微的几滴雨，一丝风过后，树叶会在眼前停留。我记得当时自己捡起了一片绿黄相间的叶片时，曾经感慨万千：所有的繁华在强大的时间面前，都显得那么不堪一击，就像距离我不远处被后人们称作西夏陵的那些土堆。遥想当年，这些土堆里的主人是何等的威武雄壮，何等的盛气凌人。他们麾下闪着寒光的刀锋曾所向披靡，但锋利最终还是被时间埋葬，同时被埋葬的还有帝国的江山和宫殿。我坐在路边的一块石头上抽烟、远眺、思考、回忆。恰巧，有一滴雨跌落在了烟头处，水与火接触的那个瞬间，雨滴破碎了它最初的梦想，烟头也结束了自己尚未完成的最后燃烧。这个时候，我想起了两败俱伤这个成语。

几天以后的夜里，我和曾经的室友通话，其间，我说我一个人去了贺兰山。他说，除了石头你还看见了什么？我看见了什么？我为这一句话思考了大半夜。

4

最近一次去贺兰山，是今年五月。

五月的清晨，阳光不再骨感，如一个少妇，清新和灿烂的背后，透射着曲线与性感的完美。

爬山是同学吴卫提议的。这些年，他游历了银川、福州、佛山、贵州，最后把自己撇在了广州。很欣慰，在广州的早茶里，他把自己养得有些偏重。每一次回银川，于他是一次高质量的减肥。当然，我从他两鬓的白色里，还是读懂了商道里的诡秘和无处不在的劳神。

因了同学老徐的驾驶水平及何教授的单独行动，到达贺兰山下，已是日光最为浓烈的正午。几个女同学端了手机，不停地拍照。我不否认手机的照相功能，也不否认她们的摄影技术，但我绝对怀疑这些 iPhone、三星、“脑袋 2”的像素里一定暗含着炫耀的成分。坐在一个四面通透的凉棚下，这些不再单纯和稚嫩的同学，从过往开始，话题涉猎的广泛程度比此时湛蓝的天空还要宽广。钓鱼岛、禽流感、港澳台、白云机场、孩子教育、小升初、会计师、税务师、驾照、微信……我总想走走看看，就与老徐同学八岁的儿子一同爬山，尚未爬出五十米，有些气喘吁吁。看着孩子轻快的身影，自己有了一种莫可名状的伤感。

经过了一个春天的长养，此时的绿色完全趋于安静。树叶已完全展开，绿得那样招摇。但这些绿不是单一，而是夹杂着墨绿、翠绿、淡绿、亮绿……近处的绿色与远处岩石的冷漠、荒芜，甚至苍凉形成了无比强烈的对比。面对两种不同的色彩，我无法选择爱的程度，也无法面对来自心灵的矛盾。苍凉与苍翠，大自然面颊上的左脸与右脸，舍弃谁，都会影响美学固有的原理。

我想背对身后的雄浑给自己留下一次清晰的记忆，当我转身选择背景的时候，那一对西夏王朝留下的双塔，让我有些羞愧和自惭。它们像一对近在咫尺却永远无法牵手的男女，在这山里，相互守望了无数个岁月，依然固守着初衷。我怎能将自己的身体强加于它们当中？只好悄然离去。

午饭是田同学安排的，地点在贺兰山里的农家乐。记忆中，她的脸色瓷一样的白，干净，不含任何杂质。现在，白里泛着红，仿若她的仕途，祥云一片。

而我面对这个农家乐有些失落，此处名不副实，这里缺少中国北部农家四合院的温馨，有的只是五座白色的蒙古包。潜意识里，五个蒙古包就像当年的成吉思汗带领着他的四个儿子，站在贺兰山山巅，俯瞰着这片富庶的平原，平原上兴庆府大院里党项君王洒落的酒香，夜色里缓缓升起的灯笼，暧昧的灯光下舞步蹁跹的细腰女子……这仅仅是我一个人的瞬间想象，绝不会影响大家面对农家菜的享用。

艾叶、槐花、蕨菜、苦菊、苦苦菜、刺五加……这些曾经作为贫穷的代名词，拯救过我们父辈生命的“下里巴人”，如今堂而皇之地成为餐桌上不可或缺的风景，且越来越受宠。咀嚼着这些山野的味道，我不知道餐桌上的人们开始回归自然，还是对生命质量的重新认识，但此时，我的确闻到了来自大自然的气息、农业的气息。最后的两个硬菜也是来自山里的野蘑菇炖土鸡和手抓羊肉。一行人品咂着生灵们的肉体，嘴里又不停地探讨着H7N9以及食品安全。

从贺兰山归来的路上，看见那些散落在山野里的羊群，悠然、平和、不紧不慢地掐着地皮上的草尖。坐在车里，努力地回忆自己阅读范围内关于羊的赞美文字，除了羔羊跪乳这个词以外，似乎想不起别的了。

5

积淀，蕴藏，经时间过滤，不觉意，与这座山相关的细节被记忆留存。来与往的路上，铺陈的风景，或大气，或细碎，或苍劲，或朴素……哪怕是一株孤草，在那一刻的风里、那个瞬间，从我的光线里出发，不同程度润泽了属于我的情感色彩。

这座山于我并不熟悉，我没有生于斯，长于斯，也非我的故土。身为过客，二十年来的不同时段、不同季节，屈指可数的几次游离，每一次，似乎都曾修改过我的生活海拔。

边　墙

1

战国时秦国人修筑的一条长城。这里不是它的起点，也不是终极地。但它是这道边墙承载刀伤时间最为久远的一段。

行走在长城的脊梁上，能感受到陈旧的黄土在燃烧。是的，狼烟从两千五百年前点燃，似乎从未熄灭。我不知道是战争对这片地域的钟爱，还是这边墙习惯了沉默？一条自西而东延伸的长墙，牢牢地焊接着东西两条山脉，仿佛一座硕大的城门，关上之后，便可安然生息。每一个满目疮痍的墩台，依旧固守着烽火烟燧，如同鹰眼。开疆拓土或者叫攻城略地，给原本宁静的土地贴上了战争标签，长城就是最原始、最古老的凭证。如今，烟火早已熄灭，长城也结束了主人赋予它的使命，成为史学家研究战争的载体，游人途中的一个景点，抑或诗人们抒情的具象。

我第一次看见横亘在固原城北的秦长城，是三十多年前的秋天。那是这片地域一年中最美的季节，被雨水洗刷过的天空，高远、澄澈。庄稼开始丰满，荞麦花火红一片，绽放在长城两侧的土地上。沿着地埂，是码放不算整齐的蜂箱。蜂儿成群结队，在荞花枝头飞舞。

放蜂人戴了面罩，捯饬着属于他的甜蜜和幸福。对于行走在公路上的车辆和人流，置若罔闻。彼时，我是一个刚上初中的学生，因了一句“不到长城非好汉”的鼓舞，梦想有一天能站立长城之上，领略天高云淡，甚至指点江山。要爬上这段长城，似乎没有路，唯有穿过这片芬芳四溢的荞地。荞麦很高，豁开密匝，无端闯入，惊动了采花的蜜蜂。最初有几只落在我的肩、头和脸上，身体轻轻一抖，它们会自然飞走。后来有一只落在我的脖颈处，用手一拍，蜂儿便粘于手掌，有黄色汁液流出。就这样一个轻微的举动，招来群蜂飞舞。我看见一条移动的黑色长线，带着嗡鸣声，向我飞来。自己仿佛一条被追打的狗，急速地奔向放蜂人的三角小帐篷。放蜂人愤怒地说：“这蜂儿就像以前站在长城上的士兵，你一招惹，它们就放箭，不叮死你才怪呢！”放蜂人用镊子拔出了我身体上的四支“响箭”，然后在“箭伤”处抹了红皮大蒜汁。

如今，每次经过或者爬上长城，就会想起放蜂人的话。千百年来，人们在各自熟悉的土地上过着恬淡的生活，只因贪念和欲望，一次次闯入陌生地域，兵戎相见，血流成河。而固原大地上的这个标志性建筑，自秦人构筑于此，见证和揭示了隐藏于这片土地背面的真实。

2

热烈的阳光，把这条蜿蜒于山水之间的边墙照得无比清晰。

残损和破败使它失去了雄壮，但处处又呈现着肃穆与庄严。沧桑如衣衫褴褛的女人，被风沙雕刻，雨水浸泡而蓬头垢面。阳光里有野草腐殖的味道，从夯筑过的黄土缝隙里散出，柔软、妩媚、诱人。

一个人，迟缓行走在固原城北的秦长城上，凄凉满目。它在我的视线之内，绝非威武的彰显，是固步、无奈、拒绝、柔弱，以及无边无际的忍受……忍受的不仅有长城，还有生活在它两边的人、草木、牲畜和土地，千百年习惯了逆来顺受。

倘若要看清战国时秦人修筑的长城，固原大地上存留的这一段最具代表性。它从甘肃的洮河岸边出发，在山川与河谷之间穿梭，进入宁夏的马莲河，九十度折转，经木峡关，出六盘山后，蜿蜒和逶迤被甩于身后。迤逦进入原州，地势豁然开阔，仿佛流水，变得平缓、慈祥。在坦荡空阔的清水河谷，仿佛架在两山之间的土桥，风雨飘摇中，随时都会坍塌。但也不难想象：历经两千五百年的风花与雪月，无数次焚烧与修补，使它完全沦为战争工具。面对身穿铠甲的造访者，和枕戈待旦的守卫者，在生与死过渡的夹缝里，悲怆故事游戏一般轮番上演，它是唯一的观众，从少年到白发。

长城未出现之前，生活在这里的人们经历了没有国界的漫长历史。围猎、游牧、农耕在不同部族之间自由交替。清水河两岸，炊烟散漫，杨柳青青，草木葳蕤，黍稷饱满，露珠晶莹于草尖，打湿了勤快人的鞋面。汲水的女子唱着古老的歌谣，歌声惊扰了树杈上衔泥的春燕，被驯化的牛羊在主人周围。野豌豆、百里香喂肥了马鹿、黄羊们的肉身，秋天之后，它们的皮毛被狩猎者兑换成过冬的粮食。中原王朝的疆域尚未抵达，居住此地的先民——鬼方、猃狁、獯鬻、山戎、犬戎、乌氏……享受着真正的田园牧歌，沉浸在遥远而祥和的世界里。

历史更迭到义渠戎成为这片土地的主人，他们的王知道居住在东边的秦人时刻都在惦记着这片草丰水沛、盛产牛羊的土地，并不时提防着自己的一举一动。他们的先祖——犬戎，也曾有过伟大的辉煌时代。公元前771年，一举攻破西周都城镐京，杀死烽火戏诸侯的周幽王于骊山，迫使周王朝迁都洛邑，中国历史从此进入纷乱的春秋战国时代。当是之时，秦人以救西周为名，乘机讨伐犬戎，追至岐山。秦人自此位列诸侯，以关中为原点，不断蚕食周边疆国，当然也包括义渠戎国。

义渠戎国，疆域大致包括今天的陕北、陇东和宁夏南部，这可能是历史上第一个在此地立国的部族。但就是这个义渠戎国，与秦人时战时和，时友时敌，秦人如芒在背。上百年的来来往往，到了秦昭襄王即位时，秦帝国充满霸气的请柬飞向四面八方的诸侯国，接到邀约的义渠戎王翟骊背负忐忑，前往关中。也就是在这次朝贺的宴席上，义渠王翟骊见到了传说中风华绝代的宣太后。宣太后出生楚国，秦惠文王的妃子，文王驾崩，武王即位，争强好胜的武王因举鼎而身亡，宣太后的儿子嬴稷“意外”被扶上秦王宝座。此时的秦国，内有诸公子叛乱，外有六国虎视眈眈。孤儿寡母的宣太后需要一个精神和肉体上的依靠。一个他国的王与异国的王后之间爱恋了近三十年，并且育有二子。对于常人，这爱应该是真诚的、无私的。然而他们各自的身份决定了这爱从产生的那一天，就各怀鬼胎。宣太后用身体“怀柔”大秦帝国来自北方义渠国的骚扰，腾出手解决朝野里那些不同声音；义渠戎王想凭借爱的力量俘虏这个渴望爱情的女人，辅佐他俩的孩子登上王位，兵不血刃拿下秦国，拓展自己称霸中原的野心。然而，我的这个痴人做梦的“老乡”，最终还是被他心爱的女人诱杀于甘泉宫。《史记·匈奴传》里是这样记录这件事的："秦昭王时，义渠戎王与宣太后乱，有二子。宣太后诈而杀义渠戎王于甘泉，遂起兵伐残义渠，于是秦有陇西、北地、上郡，筑长城以拒胡。"如此重大的历史事件，在司马迁笔下只寥寥数语，留给后人无限想象。两千年之后，作为读者，我无法揣度司马迁用刀笔记叙时的心情，而我的内心是酸楚、悲凉，甚至有几缕悲愤：生命没了，江山丢了，社稷完了，子民们被迫换了主人，疆域之上，无端地长出一道长墙，从此埋下了仇恨、争夺、纷乱、战火和你来我往的掠夺。对于居于此地的人们，生与死不在自己，在帝王们的心情和刀锋之间。死与活，没有人抱怨这道不见首尾的边墙，只一味地感叹生死有命。

秦昭王时代的长城，痕迹依然可见，只是面目已非当年。我曾数十次在它的肌肤上行走，每次都能感受到不同重量在身体之上的负荷。雨水剥蚀了它的面目，却滋润了荒草的生命。年复一年，在色彩斑斓里复活，与那些无法还乡的灵魂对话。对话的还有一块今人竖立的石碑——战国秦长城。几个瘦弱的汉字，灰头土脸在黝黑的石头上，仿佛傍晚时分向西张望的戍卒。

石头不语，黄土无言，唯有那些残破的墩台诉说着过往。

3

胡人不会因为一道土筑的城墙而生畏、胆怯。相反，中原地域上出生、成长起来的帝王们，面对先祖筑下的长城，总是望而却步，不敢越雷池一步。很少有人骑马越城去踩踏旷浩的草原，或用刀锋穿透高原上的雪山冰河。面对长城，热衷于文字记述这道边墙留下的阴影、悲戚和伤痛，吟唱出的诗词曲赋无不登峰造极。

《饮马长城窟行》——汉乐府里一首著名的曲子。独守空闺的女人悲苦中对戍边丈夫的思念，而传唱到最后，人们完全忘记了曲调，只记住了词，以至于成了后世文人常用的一种文体。东汉陆士衡、魏晋陈琳、南北朝王褒、隋炀帝杨广、唐太宗李世民……他们也曾到过长城脚下，也未曾来过，却人云亦云地沿用前人的曲调，“吹奏”着内心的情感，给原本荒凉的长城雪上加霜。

饮马长城窟，水寒伤马骨。往谓长城吏，慎莫稽留太原卒。

官作自有程，举筑谐汝声。男儿宁当格斗死，何能怫郁筑长城。

这是“建安七子”之一的陈琳，贴在长城上的文字。我第一次读这首《饮马长城窟》，闪现在眼前的不是义愤填膺的诗人，而是一个正在修筑长城的征夫。他站在太原（今固原）冬日苍白的阳光下，目光盯着一个身体单薄的戍卒、一匹瘦弱的老马、乌青的泉水，以及呼啸的北风……在泉水面前，马似乎有些恐惧，嘴唇触及到水面，冰冷使它的身体不由自主打战，响鼻过后，那一股寒冷由肌肤至血液至骨髓。喝饱了水的马，驮着戍卒，重叠来时的路，消失于他的视线之外。马的寒战明显触动了征夫的内心，瞬间有了一种被抛弃、被遗忘的孤独之感。正在延伸和长高的长城，仿佛楚河汉界。两边散乱的黄土，原本属于同一母体，自此一分为二，犹如埋在长城下的同乡，终生不得相见。身体的后面，依旧是目光闪烁的泉水，盯着他的后背。回过头，再看，泉水之上的水汽未来得及展现自己，就被天空收藏，只留下一行浑浊的泪痕，弯曲在长城的面颊上。筑城的役卒面对高大的墙体，顿生豪横：身为男儿，宁可手持利刃，战死边陲，怎能心生悲愤、怀揣郁闷，把身体和生命给予没有任何意义的长城呢？很显然，陈琳用对话的方式，借一个征夫的怅惘和亢奋，否定和嘲笑了下令修筑长城的人。但我们总是习惯相信先人的创举，以至于后世的汉、隋、明依然劳民伤财，深信于黄土和石头垒起的力量，继续在秦人的基座上构筑帝国围墙，梦幻着长盛不衰和世代绵延。

一道用来阻止外族力量入侵的长城，我没有阅读到固若金汤。只能从“长城”这一名字，想象它蛇一样蜿蜒于崇山峻岭，匍匐于沟壑梁峁的景象。仿佛宫女，只拥有一张床榻而已——偶尔被皇帝宠幸，那也是与爱无关的肌肤之触。

读《饮马长城窟行》，探究这种歌行诗体的原点。

郦道元《水经注》说：“余至长城，其下有泉窟，可饮马。”

南梁昭明太子萧统编的《文选》有注：“长城，秦所筑，以备胡者。其下有泉窟，可以饮马。”

中国北部，长城沿线有多少冬日不冻的暖泉，那是地理学关注和考量的主题。每次读与长城窟行有关的诗句，总认为这诗体最初就是写我生活的地域。秦长城下如今依旧流淌的饮马河，被固原当地人称作北海子的暖泉，以亘古的姿态川流不断。如今两岸只是多了楼宇、人影、欢愉和喧嚣。那些曾经丧生此地的游魂，灯火与繁华使他们不再孤独。吟唱诗词的歌者，只是借一道长城，在不得志的酒肆里，宣泄自己的情感。而怜悯、惦记、牵挂长城的人，大多是白发苍苍的老人，以及孤守青灯、长夜难眠的妇女。

长城窟——成了他们至死都无法忘却的伤痛。这里不是帝国的疆与界，是收割年轻生命的坟场，埋尸征夫戍卒的墓地。尽管，后来人不断歌颂它的长度、高度、广度，以至于成为我们的精神和图腾。

4

向东，一百多公里崎岖山路之后，这个叫长城塬的地方，临时托管了我的身体和目光。

看见此地的长城，匍匐山野之上，犹如一个信徒，攀爬在朝圣路上，日夜不眠。那么，我必须放缓一闪即逝的目光，包括抵达之前的诸多预谋。事实上，我的想象完全是一种虚幻，眼前的景致的确辜负了因长城而赋予的地名。

隐约可见它的遗迹，蛇一般攀爬在黄土塬上。树木遮蔽了视野，梯田因山势盘旋而上。尚未收割刈尽的苜蓿、高粱、糜子、谷子……在秋天高远的蓝天下，把成熟和金黄彰显得淋漓尽致。孤单或聚集的窑洞，烟尘散乱。几只蝈蝈，在黄蒿和野菊混杂的间隙里，不停鸣叫。新铺的油路，与长城平行。两边的铁丝网，阻止了人的脚步，给古老的长城重新披上袈裟，使生命延续。一座烽火台——东西两端的墙体被削平，失去了肉体，唯有骨骼孤单地突兀在杂草丛中。如果不是其下安放着“战国秦长城彭阳段”的石碑，我会将它判断为某个身世显赫家族的坟冢。看见这塬和塬上的长城，似乎在阅读一部时断时续、残缺不全的断代史。

在长城塬，我渴望绵延不绝的完整容颜，渴望那墩台、那女墙、那险要和遥远的空旷，能满足我探究和考量的欲望。而此时，我只能将目光停留于长城肌肤上的荒草，在秋风里摇曳。对于往来的车影人迹，犹如来了又去了的戍卒——只留下遗憾、叹息、失望和没有归期的徭役。这个下午，我的身体疲惫于奔跑的车速，抑或徒步攀爬。长城塬上，我想象中的巍峨和震撼灵魂的伟大，已被风雨剥蚀，被农耕收敛。那些隐约可见的障城、沟堑、烽燧、亭堠、要塞在风雨里彼此诉说和慰藉。

寂静，没有任何声响，唯有风在说话。

我在长城内侧继续行走，忽然一声咳嗽，惊扰了我关于长城的诸多想象，脚步被一个不算魁梧的身体挡住。

“你是挖古物的？”

“不是，路过，随便看看。”

“看啥呢？几千年了，就这个样子。”

他声音沙哑，声线抑扬，仿佛眼前这长城，曲折迂回。我们之间的语言被一根纸烟点燃。他说自己的祖上来自江西，因修长城有功，被朝廷封了一个管长城的官，娶了当地女子，世世代代住在了这里。对于他的语言，我犹豫和质疑的目光，使他有些失落。他弹着烟灰，继而又瞭望了一圈蜿蜒东去的长城。眼神迷茫、留恋、透着几分高傲。复又转身，声音高出几倍对我说“家谱里——记着”。记着两个字尚未出口，就从长城上滚了下来。

我们面对面，在蒿草里坐着。尽管秋风让长城变得更加荒凉，但无法吹散他喋喋不休的语言。在这个健谈的男人面前，我似乎是一个学生，仿佛长城上的野草，任凭风吹。事实上，他的语言就是秋风，有些随风而逝，有些被野草阻拦，停留一会儿，复又赶路。

被我记住的语言，他叙述得较为迟缓：我们这里的长城要比你们那里早，你一定听过“烽火戏诸侯”的故事。商纣王为讨妲己一笑，坐在城头上，点燃了烽火，戏了诸侯，害了比干，丢了江山。显然，他的故事来自民间传说，混淆了商纣王与周幽王两个不同时代的“昏君”。我没有与他纠正和解释，传说总是形而上的，向美、向善的。但他又说：在我们长城里面，人死了要停放七天，才入殓、入土，不像你们长城外面，三天就埋了。知道原因吗？早年间，交通不便，父母或者妻子死了，要等那些在外征战的儿子、丈夫归来，活见不了人，死总要见个尸吧！现在不修长城了，但风俗传了下来。

这样的传说，将信将疑显现在我的脸上。

听着这个男人的故事，看着长满荒草的长城，觉得冷兵器时代的那些年月，这里经常堆满死去的身体和被战火烧尽的骸骨。逢弥天大雪，途经长城的诗人、商贾、贩夫、走卒、达官显贵、白发将军，再次目睹这荒寒，我相信他们的目光里不再是满腹经纶、悲悯长叹、功成名就……而是浑身充满战栗和说不尽的酸楚。季节再次轮转到春夏，复苏的黄土和茂盛的青草，散发着温情，在阳光下与无人带回故乡的白骨，相互低语，相互温暖。忽然想起“分明似说长城苦，水咽云寒一夜风”。写这句子的人，一定是有过北方边地一夜入冬的经历。

现在满地是秋，落叶低回，雁阵南飞，又一个寒冷将抵达。雁——仿佛那些征夫，从江南迟缓到塞北，落下，繁衍生息，度过一个热烈而激情的春夏后，带着子嗣，欢快地回到南方之南。这些离开故土的征夫，就没有雁那样幸运、幸福。他们和雁一同离开村庄，三三两两聚集，排成行，站成队，一路向北，少言寡语，沉重，犹如眼前的黄土。

雁归了，再回来。故乡的消息，暗淡在唯有一声的雁鸣里。就这一声难得的雁鸣，有人听见了，有人终生再也没有听见。

一叫长城万仞摧，
杞梁遗骨逐妻回。
南邻北里皆孀妇，
谁解坚心继此来。

这是大唐诗人汪遵关于长城的记叙。我不知道他是否来过，而我，站在荒草丛生的残垣之上，独自吟诵，荡涤此时心中的沉郁。

5

2019 年夏秋之际，我刻意涉足长城内外，调查这段固原大地上最古老的历史遗存。

这一次，是去看一个林草项目。实施项目的人电话里三番五次地邀约：你来看看，树，大多来自南方，也有国外品种；花，一年四季开着；草，一直绿到长城脚下。

坦诚地说，我对花草树木不感兴趣，对电话里的长城，倒是想去看看。

阳光漫漶，乱飞的蜂蝶沿着花的馨香缓慢落下。与蜂蝶一样，很多人的影子在树荫下晃动，不时发出惊叫、赞叹。

我和行人们一样，在花与草铺陈的地面上缓步。拍了几株花草、几棵异域移植来的树木，发给实施项目的人，表示我正在欣赏他的作品。

沿着人工种植的草的路径，依然猫了腰，穿过铁丝网，爬上长城。那一刻，我确实看到了长城两边被两种不同的色块统驭。这一边，绽放着一树一树的繁华；那一边，苍茫无度，天深地阔。

远处的六盘山脉莽莽苍苍，郁郁葱葱；脚下的长城，空谷幽兰，起起伏伏。常年无人收割的植被，柔软了牛羊的蹄花。阳光给予了草木、河流的高度和宽度。近处的庄稼做着最后的舞蹈，绿一块，紫一块，仿佛补丁，温暖着黄土高原。一群云一样白的羊，悠然地慢行着，它们的神情总滞留在嫩绿的草尖上，这些长城上长出的风景总给我带来博大和广阔，使我的想象经常在古旧的史书里转悠、弥留，如一枚遗留在长城上的箭镞，时常怀想它的主人。

这时候，实施项目的人微信里问我的具体位置。回复：长城上。

又留言：建议你晚上再来，灯光下的树木、花草比白天更好看。

我不知道白天我见到的长城与晚上灯光下的长城，哪个更诱惑我？而我知道，被花草簇拥的这段长城，两千五百年前，秦人举国实施的项目，在时光的辙迹里，已沉沦为废墟。

白天和黑夜，于它只是一个符号。

废弃的城

1

抵达安西王府旧址，正值盛夏。天蓝得出奇，风扫过一般。远山如黛，南北延伸，一路蜿蜒至视线之外。柳树粗壮，枝条肆意伸向空阔，树影婆娑于地面，被光照切割成碎片，仿佛一块块残损的瓦砾。玉米叶片舒展，安静地吮吸着几天前雨水浇灌后的养分。田埂上野草青青，杂乱无章。偶尔会看见红色、紫色、黄色的花朵，在微风里摇曳。

静谧、安详、悄无声息。站立的地方，与西海固大地上任何一个村庄别无二致。

这是八百年前的安西王府？致使我开始质疑自己对路线的判断。但我确信，判断毫无偏差。

我的目光在这片台地之间逡巡。

清水河从这里出发。最初是一眼黑泉，四溢的水波带着泥土、草屑、沙粒和声响，去往它们尚未到达的未来。水流的边缘是坚硬的岩石，利刃一般，无情地切割着平稳和缓慢。波纹失去舒缓和冷静的节奏，开始喧嚣、骚动，溅起的水花在阳光下闪烁。沿水声逆流而行，接受河流带来的生机。我对择水而居的古训从不质疑，对寻访的目的了然于心。

水声消失，路依然在延续。太阳的热度使我坐在一棵杏树下休憩。三五个学生，斜背着书包，由远及近，边走边撕扯书本。看见我，他们有些不好意思，相互嘻嘻地笑。禁不住问为何撕书？异口同声：试考完了。暗自发笑，自己也曾有过这样的经历，三十多年后，重复出现，不足为怪了。

问这几个学生，安西王府在哪里？

他们有些惊愕，盯着我的眼睛，看了好半天。然后用手指着：继续往前走，在水泥路和土路结合的地方。

简洁、清晰、明了的回答，我不敢再去追问。他们继续撕书，有一个还回过头，刻意看了我一眼。幼稚的身影渐远，纸屑和碎片仿佛蒙古人遗留在这块台地上的文化和文明。

果然在水泥路尽头，一块黑色的石碑稳稳当当立于路旁。

开城遗址，位于固原市区南十五公里的开城镇开城村，始建于元代初年，距今七百年历史。

《元史》记载至元九年（1272 年），元世祖忽必烈封三子忙哥刺为安西王，赐京兆为封地，驻军于六盘山，置安西王府宫。至元十年（1273 年），忙哥刺分治秦蜀，设立开城府。并恩准在开城置王相府。安西王“一蕃二印，两府并立”，其府在长安者为安西路，在六盘者为开城路。安西王冬居长安，夏居开城。

元成宗大德十年（1306 年），开城路地震，王宫及官民舍庐皆毁，压死故秦王妃也里完等五千余人。地震将安西王府全部毁坏，基址埋没地下。

石碑和刻在石碑上的字，印证了我的判断。文字水一样在过往人的目光里流淌，时间不算久长。铺满阳光的台地，周遭是树木遮蔽的村庄。风在远方，不见炊烟，站于高处，已长满庄稼的安西王府，深藏在六盘山腹地。

2

南北走向的六盘山脉在这里偏偏向东伸出的一块台地，犹如唇齿之间长出的舌头。地势稍高，坡度迟缓，视野开阔。面东，固原城一览无余，清水河谷里的风吹草动尽收眼底。南来北往的行人和城市里燃烧的灯火，在这里没有任何秘密可言。

成吉思汗西征的路上，或许曾站立此处，俯视浩浩荡荡的蒙古铁骑，聆听震耳嘶鸣，心中暗喜。大汗的一个微笑、一个眼神或者一句若有所思的长叹，这里就有了一座城池，成为成吉思汗、蒙哥、忽必烈经略六盘山的行宫，以及西征四川、云南，攻灭西夏的指挥中枢。

而此时，在我的视野里，一列刚刚钻出山洞的火车，向北而去。我知道厢体里载着无数双眼睛，看见光亮的瞬间，一定看见此时裸露在光天化日之下的我。福银高速上向南而去的车流，载着不同色彩的货物，当它们被置于城市的楼宇，同时卸下的还有沿路的风景。这南来北往的车辆仿佛蒙古人的马蹄，奔驰在塞外与中原之间。

六盘山脉高耸巍峨，茂密的山间树木所呈现的庄严感，为身着羊皮的蒙古人和他们胯下的战马提供了充足的水草。千年横亘的关隘，稳固地为成吉思汗提供了攻守进退的支架。我曾无数次穿越这座山里的古关隘。比如泾河源头的制胜关，六盘山顶的六盘关，水声叠翠的驿藏关，影响过范仲淹政治前途的木峡关，丝绸之路东段北道必经的石门关……每次途经这些古老的关隘，目光总会停留片刻。历史上的匈奴、突厥……这些和蒙古人一样，用刀锋切开戍边士卒的肉体，而后堂而皇之地行进在通往长安的路上。利刃、寒光、残忍、冷酷、傲慢、音乐、美酒、茶叶、丝绸、细腰的汉家女子……这些北方少数民族战胜后的狂放表情，在奄奄一息或败退的中原将士眼里，只有心酸、无奈、羸弱和仇恨的火焰。

从台地边缘去往中央，穿过浓密的玉米地，爬上一条长满荒草的土质台阶。青草在残砖断瓦的缝隙间随阳光摆动，而远处有几头牛的影子蠕动于青草之间。它们的先祖一定承载过勒勒车、毡房、灶具、草料的重量，并用自己的皮肉温饱过饥馋的将士。此时，先祖的气息早已远遁，留给它们的只有风花与雪月。

旧址的边缘，由绿变黄的麦子疯狂地张扬着将要成熟的个性，如一张棉被铺陈在大地的肌肤上。我路过的时候，顺手掐了一根麦头，搓了几下，饱满的麦粒在我的手掌里仿如细碎的金豆，沉沉的。将它们扔进嘴里，细细地咀嚼，麦子的精华吐露出的麦香味儿，使我无端地生出一些思索：一粒麦子的一生最为辉煌的季节不在成熟，而在被人类咀嚼。就如同我脚下的这片废墟，它的辉煌不在繁华的过去，那种繁华只有几百年前的人能享受和感悟到，于后人而言，只能从它的遗迹和残留的碎片中翻译、研究、解读、还原。

3

六盘山赐予成吉思汗的光芒，恰似一个精神抖擞的青年遇到精力旺盛的战马，呼应了蒙古人建立庞大帝国的野心。事实上，成吉思汗的马蹄刚刚进入六盘山区，丰美的水草、直插天宇的树木、清水河谷沉甸甸的庄稼和水中迷人的倒影，还有“山川险阻，旁扼夷落，中华襟带”的地理位置使他开始留恋不已。仿佛鹰，盘旋于高空，敏锐的目光死死地盯着六盘山这块肥肉，然后，一个俯冲，在距离固原以南三十里的地方，就有了他的行宫。

最初是蒙古人传统的毡房，散落于沟壑梁峁，错落无序，但不乏威武的气度和旧有的雍容，似乎将硕大无比的蒙古高原搬到这里：炒米、奶茶、手把肉、烈酒、长调、马头琴……有清澈甘甜的泉水，有集市，有温暖舒适的气候和长长的林荫大道，生命和生活在这些大小不等的毡包里快乐而精彩地流动。粮食滋养着将士，水草喂肥了战马。阳光、雨雾、山峦、岩石和清晨的露珠，看似相互和谐着对方的姿态，而暮色之后，毡包里一闪一闪的灯光，无法掩饰成吉思汗在羊皮地图上谋划扩张、征服和屠戮的线路。

1227年春天，不可一世的天可汗亲率大军击碎了金人统治的陇右洮河地区。彼时，洮河沿岸，草色空蒙，杨柳青青，梨花开遍天涯。万物萌动于春风、春雨。一切秩序井然地享受着原本属于自己的生命，也包括那里的普通百姓。蒙古人并没有被陇右山河无限春光所诱惑，他们继续西进，一路厮杀，攻破了六盘山西麓的隆德城后，继而驻跸六盘山，目的是挥刀四百公里之外的西夏国。

成吉思汗，最终将自己的生命终结于征服西夏的前夜。“夏四月，攻克隆德；五月，避暑六盘山；秋七月崩于萨里川哈老徒之行宫。”这是《元史·太祖本纪》里的几句记录。萨里川在今天六盘山的什么地方，无存考证。但我相信一代天骄陨落于六盘山是历史事实。

今天，史学家、考古学家依旧沉浸在《元史》掩饰和诡秘的记载里，在史书和传说的混合中幻想，追究表达成吉思汗病痛中“秘不发丧”的敕令发布的艰难过程和死亡地点。一些“成谜”和他的后裔念念不忘征服和侵略、帝国与版图，遇见他的画像和光辉的纪念碑，上前进献一条哈达、一碗白酒，展现对英雄的凭吊。

六盘山千年耸立，夏风穿过开满鲜花的原野，带来一丝草香的气息，在安西王府旧址上弥散。旧址早已被蒙古人遗忘，不再制造辉煌而只是消耗辉煌——就像成吉思汗的死亡一样，蒙古人的征战没有停止，但辉煌开始锐减。大汗用半阖的眼睛看着自己生命悄无声息地溜走，目光在四个儿子的身体上来回纠结，也许是在抱怨长生天给予他的时光太短，也许叮嘱子嗣们继续他的辉煌。“精神领袖”的灵魂一旦消失，继承者顶多只是一个分公司的经理，拒绝创新，一意孤行，也绝不会忘记大兴土木，彰显皇权和国力。

4

成吉思汗奠定了六盘山行宫的位置，死去后，他的后代们沿着天可汗制定的方略继续经营着这座山。睿宗托雷、太宗窝阔台、宪宗蒙哥、世祖忽必烈，以及儿子忙哥剌、阿难答……几代人以六盘山为进攻原点，向南、向西用兵长达半个世纪之久。

我从自己的阅读记忆里粗略地整理出成吉思汗死后，发生在六盘山里的大事记。

1236 年冬，太宗窝阔台之子阔瑞率部由蒙古高原南下，驻军六盘山，完成了蒙古统治者灭金攻宋的西线战略。

1251 年，宪宗蒙哥即位后，弟弟忽必烈受封京兆，于 1253 年进驻六盘山行宫，当年 8 月远征云南大理国。

1258 年 2 月，宪宗蒙哥驻跸六盘山，由西线进入四川，翌年，战死于重庆前线。

此后，两个情同手足的兄弟——忽必烈、阿里不哥面对空缺的汗位，互不相让，六盘山再次成为战争焦点——谁控制了这座山，谁就稳坐了汗位。烽火狼烟之后，忽必烈被众人拥上汗位，在六盘山行宫迎请西藏萨迦派代表人物八思巴，并拜为“一代帝师”，完成了宗教文化与政治联盟。

在这些公元纪年的数字后面，每一个王者的举动都未远离六盘山的视线。烟火风云里来，一统江湖后走。山沉默不语，置身十字路口，习惯了被践踏、蹂躏、砍伐、焚烧……虽表情凝重，在掠夺的悲歌里，它是弱者、沉默者和见证者。

烟尘肆虐的暮霭中，六盘山已呈现出憔悴的轮廓，忍受着从未有过的深沉。我与我的记忆对白，与阅读过的文字争辩：发生过的历史和我设身处地正在目睹的事物，它们之间存在过的秘密，已经永恒在某个黑暗的夜晚。而我，只是在找寻一个打开秘密的切口，还原这座山最为原始的背景。

夏日强烈的阳光让我的脚步有些疲惫。

在一块刻有图腾的断石上坐着，经年的图腾苍老地延续着古旧的气息。虽然古旧，但依稀能分辨出图样来。这些遗落在大地上的构件砖、瓦、石质造型以及各色的琉璃装饰，经历并见证了一座城池的雏形、辉煌和衰落，也曾目睹刀光剑影下的政治、权力、阴谋与内讧。而今，被人们从土质的黑暗里翻出来，重新沐浴阳光雨露。对于它们，算是幸运，陈列于博物馆，接受目光敬畏。而对于那些早已化为灰烬的雕梁画栋，只能通过想象复原。

我以一个书写者的目光，用文字呈现这座城池，只能平铺直叙。勾勒现实中真正存在过的楼台亭榭，还需要它的主人来复原。

5

1271 年，忽必烈终于实现了祖父成吉思汗的遗愿，建立了蒙元帝国。翌年冬，封皇子忙哥剌为安西王，赐京兆为封地，驻兵六盘山。

战争结束，山归于宁静。

父辈们留下的行宫，在锣鼓与法号声里迎接新主人的到来。彼时，城垣残损，巷道逼仄，到处弥漫着陈腐的气息。年轻的皇子怀揣金印，领有分治秦蜀之权，面对这样一座残缺不全的城池，难免生出失望和旁落。

头顶星光璀璨，耳际寒风吹过，身后是黑魆魆山的轮廓，夜色帷幔一般下沉，大地正在享受冬藏后的静谧。伸出手，在守城士兵奄奄一息的火堆旁取暖，能闻见空气中呛人的牛粪烟味。离开大都，一路向西，来到陌生的封地，他对这块先祖经营了半个世纪的土地似乎滋生厌倦。

火光微弱，离开，打一身冷战。他需要一座与王的身份匹配的府邸，来温暖手中攥紧的金印。

春的讯息，沿清水河谷上溯。太阳高悬，雪线渐远。风轻抚，雨点浸润。草色淡绿，一望无际。一些耐不住寂寞的花儿，蠢蠢欲动。草香与花香弥漫，招来早起的百灵，抑或饿疯了的麻雀，叽叽喳喳。

忙哥剌站在高处，视线里的明媚与周围的破败格格不入。他抖落皮袍，神情愉悦。他要打造一座属于自己的坚不可摧，稳如磐石的王府，而不是随时随地，用一辆勒勒车就可轻易搬动或者卷起来用一匹马就可以驮走的帐篷。这一次，他需要背离先祖几千年遗留下来的古训、习俗和惯例。他需要汉人的智慧、风水和建筑风格，享受汉人帝王的生活。

石匠、木匠、铁匠、银匠、泥瓦匠……制造出的声音，完美地诠释着匠心独具。农夫、挑夫、牛车、独轮车……拥挤于狭窄的土路，互不相让，甚至大打出手。打夯的民夫，唱着古老的夯歌，将身体里的怨气一同砸向新鲜的黄土。监工的士兵用肮脏的语言辱骂着骑在墙头上的泥瓦匠。几个年轻的汉家女子挑着木桶，穿行在细白的山间小道，她们的心事，只有噙在眼里的泪水知道。光着膀子的窑工，端详着手中的胚型，抟着泥的宗教，还是烧火的哲学，他们闭口不提。那个在散发着松香或檀香气味的木头上画画的男人，动作娴熟，举止得体，温顺如蒙古人驯服的烈马。

城在一寸一寸长高，泥土日渐风干，堆积如山的材料各自有了去处，来自四面八方的工匠鸟一般散去。他们亲手打造的门窗、柱头、檐梁、顶棚、石雕、神像、精美彩绘、花纹图案……成了平民百姓匍匐大地，敬畏权力的人间天启。

“……土木之工，雕楹绘墉。朱尘绮疏，匹帝之宫。金茎一气，颉颃上下……”这是元代著名学者姚燧在他的《姚燧集·延厘寺碑》里关于安西王府的文学描述，我们能触摸到它的规模、布局和华丽。

忙哥剌渴望的辉煌与排场，像六盘山顶飘浮的云朵一样开始缭绕。

八百年前的安西王府，对六盘山而言，仅仅是一个建筑符号。蒙古人的祖先沿丝绸之路西征的路途，是朝着太阳移动的方向，朝向波斯和多瑙河。我抵达安西王府——也就是清水河源头的开城——只是看看蒙古人遗落在这里的秘密。这个时间，四周悄静，感觉有些阴森、惧怕——一座城突然复活，我该怎样面对？

突兀的想象，被刺眼的阳光唤回。我知道它是一片废墟，但却活在考古学家的血液里。每一个砖块，都会让他们激动一生。他们在庄稼收尽的时候到来，拿着罗盘、放大镜、卷尺和一些残缺不全的书籍，在荒芜的土地上丈量、探测、挖掘、端详、搬运……按照现有的地形，界定出城址、窑址、瓮城、主城、宫殿、御苑、官居、民居、墓葬区……当然这只是考古的判断，与当初是否吻合，只有睡在墓葬里的灵魂说得清楚。而暴露在台地周围的黄绿釉色琉璃瓦片、瓦当、滴水……足以证明这里有宫殿存在过。到处可见的青灰色砖块、龙纹瓦当、台沿螭首等，还原了皇家建筑的格局和气派。

我翻过一处城墙基址，走在玉米和苜蓿地埂之间，走在昔年安西王宫殿和苑囿遗址中，幽深的甬道和雕龙石柱屹立，还有曾经清水荡漾的浴池。静谧、幽暗的夜晚笼罩着八个世纪的坟地，一只野兔从脚下蹿出，乌鸦在巨大的树冠上尖叫。废墟沿水流的方向倾斜，绿色在废墟上舞蹈。

6

这是一座黄土夯筑的城池，权力和号令从东、南、西三个城门发出，是否抵达王权的边界，无从考证。但王权在城墙之内，是一道清明、不可移动的光，照彻着忙哥剌王子。而我与这个王子在时间上是不会相遇的，但在空间上只隔着一片瓦的距离。假如时间是静止的，那么，在我面前舞动的一定是一群美丽的细腰女子，她们娉婷的姿势和纤纤细手在王子的面前挥来舞去，曼妙的音乐飘过厚重的殿门，飘向天宇，散落在阳光归去的黑夜里。事实上我是听不见蒙古人享受音乐时的快慰，但依稀能触摸到音乐背后上演的亲情、友情、爱情和温情，也能揣度出王权达到极致后，藏在夜色深处的阴谋、策划、指令、刀光和利刃。

1280 年，忙哥剌在弥留之中死去，权力落在其子阿难答的肩头。欲望熏染着阿难答日渐膨胀的心胸，他站在王府城头，遥望大都北京。那里有龙椅，有玉玺，有无与伦比的宫殿、更大的权力和更排场的阵仗……手握十五万铁骑的阿难答，坐拥西北、西南广袤的封地，以此为资本，参与皇位之争而一败涂地。自此，王权旁落，王府仿佛深冬里的太阳，明晃晃、亮光光，但已经没有了刺眼的热度。

1306 年 8 月，地震让这座城浑然坍塌，包括王妃也里完在内的五千多人埋尸地下。然而，如此惨重的损伤，也无法阻挡阿难答夺取皇位的欲望。欲望与失望同时破灭，安西王的封号连同他的王府从此开始衰落。

我站起身，头顶之上是轮回的太阳、漫游的云翳、自由的飞鸟，在我视线的对面，依旧是将要被铁器割杀的玉米，还有一年一度死而复生的青草。一个朝代、一座城池在午后的阳光下从我的脑际掠过。留在地上的这片废墟，就这样毫无声息地躺着，聆听着风的耳语。

阳光将要散尽，留在安西王府废墟上的余热依旧以千年不变的力量，温暖着这里的一切。一只鹰在夕阳下盘旋，给这废墟无端地印上了一层萧瑟和神秘。耳边飘来人的声音，是不远处那几头牛的主人，吆喝在回家的路上。头牛似乎不愿回去，昂起头，望远处。而它的主人似乎极不情愿地扬着鞭子，有力无力地追赶着牛。我将这片荒凉的废墟移在了身后，我的行走很缓慢，是不是也如同这几头牛有些割舍不下？牛为了青草而留恋，我呢，为了埋在地下的王府？王府早已被黑刺沟、北家山、长虫梁、瓦渣滩……这些地名取代。

公元25年的北征

1

每次经过固原城墙，看见蒙着尘埃的砖堞，我会想起班彪，默念几句《北征赋》。

我在一堆发黄的线装书里，寻找班彪用文字还原北征路上的足迹。

他从东汉初年的长安出发，沿渭河、泾河、马莲河、茹河河谷前往陇西，聚焦路途上的每一寸山河，记录破碎时光，凭吊时光里那些因戍边来了又去了的身影。但我在阅读《史记》《汉书》《后汉书》《水经注》等史书的每一个夜里，一直在考量秦汉时期“边塞”的源头，是不是具体指我生活的固原一带？出固原，越长城，向北，被称为塞上，河套一带又被称为塞外。塞：作为一个地缘感念，在史学家的笔端从未缺席。边塞：在诗人的精神世界里永恒成无法破解的密码。固原的地理边界经常苍茫于刀枪剑戟和烟火烽燧；文化边界又随历代记录者的目光与情感不断位移。

班彪的《北征赋》，就是这样一个移动的文学密码，他将自己最后的精神边界停留在固原城头。

两千年之后，在时间和空间交织的经纬点上，我能看见他写完这篇传世佳作后的亢奋、释怀和无处诉说时的孤寂。

2

公元25年初冬，关中的天空被阴霾统驭。愁云惨淡，不肯远去，俯瞰大地上发生的一切。

长安——帝国的政治、经济、文化、艺术、宗教、商业、军事、权力中心，在一片呐喊声里，城门早已洞开。帝国心脏内，那些高耸云端的宫殿，在一片火海中相继坍塌。支撑过大厦的雕梁画栋，变成了守城士兵用来取暖的木炭。质地细腻的秦砖汉瓦，沾满血色，破碎街头。偶有开门营业的酒肆、教坊、绸缎庄、茶叶店、羊肉馆，但他们的生意远远不及棺材铺繁忙。

滞留在长安上空的云层，经不住初冬的寒冷，终于有了一片一片的雪花，落在狼藉满地的黄昏。暮色与灯光一同升起，远处的灰暗和近处的苍白仿佛帷幔，笼罩着这座世界上命运最为多舛的城市。“临时政府”宣布了宵禁的法令，士兵们怀抱剑戟，立于城门。店铺打烊，车马孤寂，白天所有的惶恐，被此时的人们关在院门之外。

雪浸湿了窗棂。灯光拉长身影。一盆炭火散发出的微热，在班彪的体内开始游走。肉体温暖了血液，思绪开始翻滚。推开房门，面对弥天大雪，目光所指的方向，不再是竹简上的文字和满腹诗书，是白天里那些散落街头的困顿、饥饿、寒冷、萧条、火光；是张良、贾谊，这些用学识影响帝王、匡扶社稷，弥合战争留下的创伤的人。雪与火的交融，在这个义愤填膺的年轻人心里，早已有了目标，或者有了秘密的消息——向北，北方有强大的力量，足以熨平刀剑留下的累累伤痕。

3

旧都长安，一片瓦砾。愤愤离开的班彪，政治层面无须留恋。亲情和血缘的存在，致使他对故乡、对这座熟悉的城市投下最后的回望：执手相看，是泪眼婆娑的父母家人；长亭短亭，是志趣相投的青年才俊。离乡，难免惆怅满腹，此去经年，生死两茫茫。

> 余遭世之颠覆兮，罹填塞之阨灾。旧室灭以丘墟兮，曾不得乎少留。遂奋袂以北征兮，超绝迹而远游。

这是《北征赋》的开篇。

那个繁华富庶、万邦朝贺的大汉王朝，在这个时间点上，到处写满凄凉、悲怆和惨不忍睹。

站在咸阳塬上，回望长安，那些有生命和没有生命的事物似乎都感知到他的离别。那一座座曾经辉煌的宫殿，那一道道繁华的街巷，那一张张熟悉的面孔，那一道道清纯的河流，以及旷野里安静的白雪，都在目送他的远离。这之前，他一直是这座城市里的一部分。听惯了晨钟迎来清晨，看惯了暮鼓送走黄昏。而这时候，钟被火光烧成了一堆废铁，鼓也被刀剑刺破了皮囊。长安在他幼时的眼里，是家国、是故乡，是尽善尽美。战争遮蔽了所有，更迭的皇权欺骗了一颗清澈透明的心灵。悲情之后，不再回望，将灵魂寄存于信誓旦旦。

逆泾河，西北来的风，肆无忌惮地怒号于河谷。尘土飞扬，迷蒙了行者的目光和对路途的判断。没有力量的太阳，高悬头顶。过十里，无一人家，单调和苍黄成为主色调。泾河被寒冷封存，冰层之下，刺骨的流水是不会可怜一个逃难者而停止流动。马蹄行走在冰面之上，没有留下一点蹄花。两岸是陡峭的山崖，或多或少地挂着一些残雪，宛如一双怪异的眼睛，盯着往来人的身影。午后抑或黄昏，阴云堆满西天，一场更大的寒冷开始袭来。四周寂静无声，几只乌鸦飞过，啼叫声让恐惧更加恐惧。

面对这样的困境，我尝试揣度年轻的班彪。按照他的禀赋，孤独和孤单锻造了他的孤傲。下马，牵了缰绳，站在高处，独自享受漫天飞雪轻轻抚慰他的身体；享受新落的积雪在他的马蹄下吱嘎作响。一时兴起，将冻红的脸贴于马身，听寒风吹过旷野、吹过树梢。

我深信班彪是读过宋玉作品的。

“憯悽增欷兮，薄寒之中人，怆怳懭悢兮，去故而就新。”楚国人宋玉绝对不会想到，在他死去二百五十年后，一个叫班彪的人步其后尘，去国怀乡，悲伤叹息。困顿于冰天雪地，在寒冷伤人里，恍惚惆怅；在路途坎坷里，流离他乡。

家和故园，对于怀揣抱负的人，是苦难，也是深沉。但他们都有一个明确而伟大的终点：生为社稷，死为苍生。生命中有无数个意想不到在不同的维度上被复制、临摹，甚至穿越。

班彪的出逃或者叫北征，是迫不得已，是人性的本能。路途的遥远在肌肤上疼痛，在骨髓深处煎熬，还有来自苍茫大地制造出的孤独。一个人空对草木山河，驱逐孤独的况味，唯有古人留下的经世文章。

他的孤独是寒风里冻裂的伤口，没有血迹，没有眼泪。

4

两千年的时间跨度，班彪文字里出现的地名已非当年。

那些经过的地方，在一个赶路人的眼里，是萧条和衰败，但也充满凄美的诗意。瓠谷里深藏的玄宫，也曾有过灯火辉煌。经过云门，那高高的通天台，日夜守望着苍穹。暮色四合，投宿郇邠一个不知名的村庄。不踩踏路旁的野草，不伤害攀爬的蚁虫，纯朴而善良的村规使他顿生敬畏。我们如此美丽的山河，如此善良的百姓，为什么就没有一个太平的家园？天空为何阴云密布，大地为何生灵涂炭。是因为形势的突变，还是我们的法度出现了问题？

一个人的质问，星空不语，大地缄默。

油灯燃烧后爆出的灯花，在黄土的窑洞里一闪一闪，聆听他仰天长叹的只有夜色里的黑暗和影影绰绰的山峦。

战争是政治人物的代言，纯粹意义上的文人在皇权面前只是填词作赋的工具。即便有远大的抱负，也会被玩弄于股掌之间。司马迁、董仲舒、贾谊等一大批才华横溢的文人，个个都有“安社稷、济苍生”的胸怀。还有他之后的曹植、嵇康、阮籍、陶渊明、李白、杜甫、王维……轻轻吟唱一声，当时的文坛也会抖动，而他们哪一个不是在哀伤、哀叹、凄凉、凄苦中死去？

班彪的前半生几乎都是在逃难和迁徙中度过，尽管用寄人篱下换得苟且偷生，但一时的安逸不是他的终极。

思绪带着心胸，在无边无际的黑夜里远游。这北征路上的陌生村庄，只是借宿的驿站。蜷缩一夜，天明继续刻度受伤的山河。

5

按现在的地理划分，此时的班彪已离开秦地而进入陇东。

陇东之于班彪，不仅仅是一个人的孤苦行走。那些距他并不遥远的人和事，仿佛耳语，回响谷壑。成千上万戍边将士的游魂伴随左右，刺杀与呐喊往来穿梭，不肯远去。祭奠的仪式在那些新的黄土、旧的坟冢、残破的庙宇周围此起彼伏。没有任何热度的夕阳涂抹着义渠戎国，一只鹰坦然地盘旋在旧都上空，找寻果腹的猎物。行走在义渠国的旧地上，怎能不怨恨那个无知而痴心的戎王——心性淫欲，招来杀身，丢了江山社稷。鄙视无情的宣太后，利用美色与床榻，兵不血刃，得到了这千里沃野。在政治面前，爱情永远是游戏。踩着坚硬的路面，这些凹凸不平的石头，曾见证过秦昭王率师北征、开疆拓土的辉煌。离开义渠旧都，城垣上只留下看不见的心心念念。

一览无余的高原，无法阻挡战马一般疾驰的思绪。

没有人能理解当时设身处地的班彪。行走于生命的边缘，也不忘缅怀和凭吊。

人们离开熟悉的土地，去向陌生，去向道听途说中的安宁之地。那么多人，鸟一样飞散，一动不动的房舍、窑洞、农具、水缸、柴门、树木簇拥着主人留下的气息，等待再次归来。等——在这里已经变成了一个模糊的时间概念，等到海枯石烂，等到沧海桑田，等到死亡和重生再度轮回。等——在班彪的行走里也包括泥阳无人修葺的祖庙。土墙塌落、庙门晃荡、窗棂堆满鸟屎、供桌上七零八落的灵牌、墙面上脱落的泥皮……一个忙着赶路的文人，困顿缠身，却停顿于一座庙宇前，为无人修缮祭祀死人的场所感慨，甚至痛哭流涕。

多年之后的这个春天，我在一杯祁门红茶的芬芳里读《全唐诗》，遇到了班彪等来的同道——陈子昂。“前不见古人，后不见来者。念天地之悠悠，独怆然而涕下。”他比班彪更能煽情。一个人登上幽州楼台，感慨孤独遗世，独立苍茫的郁闷和落寞无助的人生悲歌。

人生何处不相逢。历史就是这样，在不同的时间里被相同命运的人不停地复制、书写、记录和感慨。

在陇东大地上，班彪的感慨似乎没有停止过。看见蜿蜒迤逦的长城，他的眼里走来的是蒙恬、赵高、胡亥和扶苏。面对这几个掌握大秦帝国走向的历史人物，班彪的笔墨不是软弱，而是一针见血。

“越过安定缓缓地前行，沿着长城漫漫的征途。埋怨蒙恬过分的劳民啊，为了强秦筑长城与民结怨。舍弃赵高胡亥叛逆的近犹不顾，却从事防备蛮狄远方的外患。不发扬道德安抚远方，却重视边防工事的牢固。头与身子分家仍不觉醒啊，还在历数功劳而不肯认罪。何苦蒙恬要狂言胡说啊，什么修长城断了地脉。”

一个单薄的身影，徘徊在一段巍峨的长城下。

疾风吹野草，心沉马不前。

班彪的感慨，沿着长城的走向，曲折在历史深处。

这里不是一个诗人对长城的依恋，是深入骨髓的哀叹，是对秦王朝劳民伤财的批判代言。

“胡人不敢南下而牧马。”这是关于长城最官方的美言。但这也是一句自欺欺人的歌唱。

胡人真的就因为一堵长墙而停止南下的马蹄了？

“登鄣隧而遥望兮，聊须臾以婆娑。闵獯鬻之猾夏兮，吊尉漖于朝那。”

这场汉匈之间的战争，发生在汉文帝十四年（公元前166年），地点在长城以南的朝那。司马迁在他的《史记》里是这样记录的“匈奴单于十四万骑入朝那、萧关，杀北地都尉卬，虏人民畜产甚多”。匈奴人的马蹄不但越过了长城，叩开了通往关中的门户——萧关，而且杀死了镇守朝那的都尉——孙卬。我不知道笔锋如刀的司马大人在竹简上刻下这段字的时候，是怎样的心理？长城依旧，关隘矗立。人民和牲畜无奈向北，越过先人构筑的长城。长城无声，人民有泪。

孙卬死后191年的冬天，一个叫班彪的晚辈，还记着他的功绩、事迹和荣光。站立或跪地，用汉人特有的礼仪凭吊这位尸骨已寒的将领。那时候，没有纸钱，没有香火，更谈不上醇香的美酒和煮熟的牛羊，穷困的班彪只能站在都尉荒凉的坟前念几句祭文，洒几行清泪。隔着时空，他们在各自的世界里抚慰着相通的灵魂。

人总是在遭遇苦难的时候，才会想起相同际遇的人。

班彪的凭吊只是借助古人的丰功伟业寄托自己内心的空茫。

风掠过长城，裹挟着雪花，从白灰色的天幕中飘来，扬起的雪雾遮蔽了村庄、炊烟和旷野里急着回家的牛羊。顶着沿河谷吹来的风雪，寒冷窜入棉袍，本能地裹紧腰间的衣带，侧身上马。陇东高原被风雪和寒冷摧残，对于迎接黄昏的牲畜和急着赶路的征人，从来就漠不关心，或无暇顾及。快马加鞭，走出这条充满阴霾的茹河河谷，再向北，高平城就到了。

城池里流淌着温暖的灯火，琳琅满目的商铺和穿着不同服饰的人群，汇集在这座被当时的人们称为“高平第一城”里。秩序和次序安然在街巷与阡陌。男人躬耕于熟稔的土地，妇女点燃黄昏里的炊烟。牛羊衔尾，骡马塞道。

然而，这只是班彪对这座边城的想象，我隔着时空的虚构。

6

清晨、正午或者黄昏，人困马乏的班彪怀揣无限憧憬，在守城卫士的盘问中，终于到了高平——我生活了近半个世纪，与我浑然一体、难以割舍的固原。

这是一座因战争而构筑的边城。

一边濒临清水河，另一边则是绵延逶迤的秦长城。

城有多大，但大不过班彪丈量的脚步。

战争让繁华远遁。萧条上升为城市的主导。商铺半开着门，炉火半死不活。牛粪燃烧后的烟尘，逗留在屋内，流连忘返，不肯远去。货架空空如也，偶尔可看见来自罗马、印度、阿拉伯、西域、中原和本地的物料，暗淡的阳光落在上面，死人脸一般。

寒冷使地面穿上了坚硬的盔甲，天空蓝得一尘不染。西风从低矮的屋檐下掠过，避风的角落塞满了年龄不等的身体。城市被战乱蹂躏得精疲力竭，本地人已经习惯了陌生面孔的出现。他们在接纳的同时，也在面无表情地目送。他们知道，这些宿一夜就走的过客，是带不来安宁、稳定、温饱和财富，极有可能带来阴谋和新一轮的杀伐、抢劫、掠夺……

经过钟楼。那钟看上去比自身还要沉重，悬于空中，总担心突然掉了下来，让城市失去了声音。官署门扉紧闭，值守的士卒怀抱长戈，表情冷漠。戴着棉帽的人，赶着牛羊的人，沿街乞讨的人，小巷深处摇着辘轳吊水的人，怀抱小孩的妇女，打更的人，驮着羊毛口袋的驴，到处晃荡的黑狗，铁匠铺里正在锻造农具的匠人。成群的麻雀因为饥饿飞起又落下。喜鹊站在高大的柳树上，等待喜悦之声从天空传来，而时光总是和美好的希冀开着无休止的玩笑。

高平城的木讷和冷漠，使他离开长安时信誓旦旦的丰富情感，越来越灰暗，似乎跌入万丈深渊。

在一场凛冽的寒风之后，他登上汉武大帝时，由无数双手夯筑的城墙。黄土结实，城垛尚在，像天空盘旋的鹰隼，日复一日地盯着北方随时出现的马蹄。守城的将士不知去向，斜插在城头上的战旗和遗落的箭镞，表明一场刚刚结束不久的战败终结在强大的时间里。眼界之内是荒原和消瘦的山峦，几棵树孤零零地站于田埂，枯草在风中飘零。雁阵鸣叫，留下一声声凄婉。陇山之巅，白雪皑皑。千里荒芜，看不见人家，萧条和荒凉彼此诉说着时间与光影。

在西风漫漶、天地寒冷的高平城头，他一定看见不远处的古老长城——仿佛一个衣不蔽体、面色凝重、表情麻木的女人，一丝不挂地匍匐在这片被战争烧伤的土地上，一种源自骨髓深处的伤感突如其来。风声尖叫，尘土四扬，大地一片迷蒙。他柔弱的内心，江河翻滚。

黄昏帷幕般下沉。大地、河谷、草木、荒野……被渐渐上升的夜色覆盖，令人恐怖。云雾翻过山尖，和着夜色，压向城头。仿佛一张无比巨大的兽面，呼啸着、狰狞着、奔跑着……在天空、寺庙、坟冢、游魂、牌坊、羊群、野狗、飞鸟、狼、豹子、窑洞、石头、烟火、草垛……之间不断变换。远处一片苍茫，风从身边吹过。

被无数人传颂的高平城，此时湮没于破败和残损。雄浑、巍峨、固若金汤、牢不可摧……这些坚硬的词在一场战争里悄然离去，离开得那样悲壮、那样决绝。对于睡在城墙里的人们来说，千百年来惯常了烈火、厮杀、呐喊和刀枪剑戟碰撞出的寒光。战鼓歇息，在时间的褶皱里，他们用坚韧慢慢缝合、弥补、重建属于自己的城。

走下城楼的班彪，寄居于一家生意萧条的车马店。倚着黄泥土墙，在昏暗的灯光里，回想着一路上的颠沛流离和在高平城里的目睹到的现实。突然之间，他觉得自己和这座古老的城市血脉相连，他就是这城市里的孤儿，只是被遗弃得太久远，久远到被遗忘。在这座城市的某处，有一个属于自己的家。但今夜，这家不属于他，属于那个和自己有着相同命运的人。而且，在星辰遍布的夜空里，他能感受到那个人发出低沉的呻吟。

> 隮高平而周览，望山谷之嵯峨。野萧条以莽荡，迥千里而无家。风猋发以漂遥兮，谷水灌以扬波。飞云雾之杳杳，涉积雪之皑皑。雁邕邕以群翔兮，鹍鸡鸣以哜哜。

这是《北征赋》里关于高平、关于固原最为经典的描写。每一次读到这几句，我总会看见年轻的班彪奋笔之后，站在破败的客店外：半弯新月，银光黯淡，抬头张望洒满星辰的夜空。此时，夜空深沉似海，风吹过树梢，坚硬的文字无法焐热脚下寒凉的大地。但在陇山晶莹剔透的雪线之下的轮廓里，高平或者固原依然存在，不只是班彪一个人的久远记忆。

是夜，有雨。这一篇《北征赋》裹挟着历史的风雨，被我再次翻开。